Kurt Lehmkuhl: Mörderische Kaiser-Route

AF176123

Kurt Lehmkuhl

# Mörderische Kaiser-Route

Kriminalroman
(Mörderisches Aachen Band 5)

Bibliografische Information der Deutschen Nationalbibliothek: Die Deutsche Nationalbibliothek verzeichnet diese Publikation in der Deutschen Nationalbibliografie; detaillierte bibliografische Daten sind im Internet über www.dnb.de abrufbar.

Dieser Roman wurde 2000 im Meyer & Meyer Verlag, Aachen erstmals veröffentlicht. Der Abdruck erfolgt mit freundlicher Genehmigung des Gmeiner-Verlags, Meßkirch. Er veröffentlicht diesen Roman in seiner Reihe „E-Book only", ISBN 978-3-7349-9396-1.

©2021
Herstellung und Verlag: BoD – Books on Demand, Norderstedt.
ISBN 9783754335154

# Die Liebesinsel

Ich muss nicht ganz bei Verstand gewesen sein, als ich meinem Freund und Chef Dieter zusagte, ihn bei einer Fahrradtour von gerade einmal schlappen 370 Kilometern Länge zu begleiten. In nicht einmal einer Woche wollte Dr. Dieter Schulz, seines Zeichens Gründer und alleiniger Inhaber der gleichnamigen renommierten Anwaltskanzlei in Aachen, anstelle eines Sommerurlaubs auf den Spuren seines Urahns wandeln und per Drahtesel von Paderborn nach Aachen radeln. In der hartnäckig und dreist behaupteten Annahme, jeder mit Pauwasser getaufte Öcher sei ein direkter Nachfolge von Karl dem Großen, wollte Schulz es dem einzig wahren Kaiser nachmachen und die nach ihm benannte Kaiser-Route abfahren, und zwar in entgegengesetzter Richtung von Ostwestfalen zum Dreiländereck in der irrigen Annahme, dann ginge es mehr bergab.

Noch war ich nur ein als überlasteter Bürovorsteher, schlecht bezahlter Angestellter von Schulz; ein Umstand, den er leidlich ausnutzte, um mir selbstherrlich den dienstlichen Befehl zu geben, ihn auf der strapaziösen Tour zu begleiten.

Dieser für mich erniedrigende Zustand würde sich bald ändern, wenn ich endlich die lang ersehnte Zulassung des Oberlandgerichts Köln in der Hand hielt, selbst als Rechtsanwalt tätig sein zu dürfen. Dann waren die Zeiten des Kommandierens vorbei, dann hatten Dieter und ich unser Ziel erreicht, das wir uns vor einigen Jahren gesetzt und auf das wir beide zielstrebig hingearbeitet hatten.

Aber mein finanzielles Abhängigkeitsverhältnis war nicht der einzige Grund, Dieter zu begleiten. Immerhin war er zum einen mein bester Freund und zum anderen ein waschechter Aachener, was zwangsläufig bedeutete, dass er außerhalb der Mauern seiner Heimatstadt orientierungslos umherirrte und nicht mehr heimfand. Den Rest der Welt außerhalb ihrer Heimat handelten die Domstädter unter den Oberbegriffen Selfkant und Eifel ab. Und gleich dahinter schloss sich die Unendlichkeit Sibiriens an. Daher war es für mich selbstverständlich, dass ich, der Bitte von Dieters Gattin folgend, Schulz meine fürsorgliche Begleitung zusicherte. Nicht zuletzt beruhte meine Bereitwilligkeit auch auf Drängen von Dos Zwillingsschwester Sabine, die mich mit ihrem bezaubernden Lächeln überzeugt hatte, dass Schulz, allein gelassen in der Ferne, nicht überleben würde.

So ließen wir unsere beiden Frauen unbemannt in der ehemaligen Kaiserstadt zurück und uns an einem frühen Freitagmorgen von einem Interregio mitsamt Tourenrädern und Rucksäcken nach Paderborn ins östliche Westfalenland transportieren.

Vielleicht würden wir uns den Sarkophag Karls des Großen ansehen, der aus Anlass der 1200-Jahr-Feier von Paderborn aus der Domschatzkammer in Aachen nach der Restaurierung in Berlin zur Pader gebracht worden war und besichtigt werden konnte. Wenn wir schon daheim kein Interesse für den marmornen Karlsschrein aufbrachten, so mussten wir wenigstens bei unserem Besuch in Westfalen, quasi aus Solidarität, den Gebeinen des Kaisers unsere Aufwartung machen.

Jetzt saßen Dieter und ich fernab der Heimat auf der zum Wintergarten erweiterten Terrasse eines hübschen Cafés und schauten hinab auf das zur Parklandschaft gestaltete Quellgebiet der Pader. Scheinbar aus allen Ritzen und Ecken sprudelte das Wasser, sammelte sich und floss stadtauswärts. Über 200 Quellen waren es insgesamt, die die Pader speisten, ehe der Fluss nach einer Länge von gerade einmal vier Kilometern in die Lippe mündete, wie ich gelesen hatte. Damit war die Pader wahrscheinlich der kürzeste Fluss in Deutschland; allerdings nicht der kürzeste Fluss Europas. Das sei der Aril, der in den Gardasee fließe, klärte ich meinen unwissenden und ungläubigen Partner überlegen auf.

„Das ist es, was uns in Aachen fehlt", meinte ich angesichts der sprudelnden Vielfalt sinnierend zu Dieter. „Hier gibt es wenigstens fließendes Wasser. Bei uns kommt es fast nur von oben. Und das nicht zu selten."

Auf der gegenüberliegenden Seite des Parks erblickten wir die Rückseite eines Verwaltungsgebäudes und einer evangelischen Kirche. Hinter der Gebäudezeile befand sich das Wahrzeichen der ehemals erzkatholischen Universitätsstadt, der Dom. Wir konnten gerade einmal die Turmspitze erkennen.

An der Wirkungsstätte des Paderborner Bischofs wollten wir am nächsten Morgen zu unserer Fahrt starten. Dort war in der Nähe des Grundrisses der ehemaligen Kaiserpfalz das erste der sechseckigen mit der Kaiserkrone bedruckten Hinweisschilder der Tour angebracht, die uns auf einer Fahrt an vielen interessanten Sehenswürdigkeiten aus verschiedenen Epochen vorbeiführen würden, wie in der umfangreichen und informativen Radwanderkarte einer Verlagsanstalt aus Bielefeld zur Kaiser-Route zu entnehmen war.

Aber soweit waren wir noch nicht. Wir saßen gemütlich in dem Café, ruhten uns aus, blätterten aufmerksam in zwei Tageszeitungen und informierten uns lieber über das Tagesgeschehen als für geschichtliche Ereignisse.

Ich hatte mir die rote Zeitung geschnappt, Dieter musste mit der grünen vorlieb nehmen.

Doch in beiden Blättern lasen wir interessiert über ein spektakuläres Thema: Die Redakteure berichteten ausführlich und mit großem Entsetzen über den Fund einer Leiche auf einer Halbinsel bei Schloss

Neuhaus, einem eingemeindeten Stadtteil von Paderborn.

An einem von ihnen als „Liebesinsel" bezeichneten Ort war am Donnerstag eine 18-jährige Schülerin tot aufgefunden worden. Beide Zeitungen sprachen von einem grauenhaften Mord, da das Mädchen mit einer dünnen Drahtschlinge stranguliert worden war. Die Fotos, die die Artikel bebilderten, sagten mir nichts. Ich erkannte Büsche, Wasser und eine kleine freie Fläche, die als Fundort der Leiche bezeichnet wurde.

„Ich wusste gar nicht, dass die hier im fernen Osten so brutal sind. Ich dachte, Mörder gibt es nur bei uns im Wilden Westen", kommentierte ich den Bericht ironisch. Ich lehnte mich zurück, gähnte ungeniert und streckte die Arme weit aus. „Endlich einmal ein Mord, mit dem wir nichts zu tun haben." Ich grinste Dieter an, der mich nickend bestätigte.

Dieter hätte mein Spiegelbild sein können, so wie er da in seinem gepolsterten Stuhl herumlungerte, groß, schlank, kurzes blondes Haar, blaue Augen und immer noch nicht vierzig. Es gab zwischen uns, abgesehen von der beruflichen Qualifikation, eigentlich nur einen gravierenden Unterschied, er war mit Do verheiratet und Sohn meines Patenkindes Tobias junior, ich hingegen war mit Sabine, der Patentante von Tobias und Schwägerin von Dieter, dokumentenlos liiert.

Zu meiner Genugtuung sah mein Freund wie ein normaler Mensch aus. Er hatte nach langem Zureden auf seinen grauen Anzug, auf Schlips und Hemd verzichtet, diese Kleidung aber, für alle Fälle vorsorgend, im Rucksack verstaut und lief wie ich in Jeans und Sweatshirt herum.

„Das hätte uns gerade noch gefehlt, dass wir ausgerechnet in unserem Urlaub einen Mord aufgehalst bekommen", pflichtete mir mein Freund bei. „Einmal muss endlich Schluss damit sein", fuhr er in der Erinnerung an die Morde auf dem Tivoli oder an die blutige Geschichte bei der Karlspreisverleihung fort. „Die Verbrecher sollen sich bei ihren Taten jemand anderen aussuchen, aber nicht uns."

Wir vertieften uns wieder in die Gazetten, ließen uns die warme Sonne Anfang August auf den Kopf scheinen und freuten uns, endlich einmal vom stressigen Alltag abschalten zu können.

Auch wenn wir es uns gegenseitig nicht zugegeben hätten, wir wollten die Kaiser-Route so schnell wie möglich abfahren. Sieben Tage für 370 Kilometer waren nach unserem Empfinden einfach lächerlich. Die im Radwanderführer empfohlene Zeiteinteilung war vielleicht eine Richtlinie für abgeschlaffte Dickbäuche, aber keinesfalls für uns, die wir an einem Sonntag auf Rennrädern leicht und locker 100 und mehr Kilometer bergauf, bergab quer durch die Eifel, durchs Hohe Venn oder die limburgische Schweiz abspulten.

Maximal vier Tage, so hatte ich mir vorgenommen, würde unsere Radtour dauern. Im Zweifel würden wir bis zum nächsten Quartier weiterfahren, ehe wir zu früh eine Pause machten. Wir vertrauten in dieser Beziehung der praktischen und ausführlichen Radwanderkarte, die an allen Orte entlang der Kaiser-Route ansprechende Unterkünfte anpries.

‚Schaun mer mal, würde ein anderer Kaiser sagen', dachte ich mir unbekümmert. Irgendwo würden wir immer ein Plätzchen für die Nachtruhe finden.

Ich blinzelte der jungen, adretten Bedienung zu, die sich genähert hatte und neben mir stehen geblieben war, und bestellte noch ein Mineralwasser. Das Mädchen nickte stumm und schluckte dann.

„Ist das nicht schlimm?", bemerkte sie betroffen und zeigte auf die aufgeschlagene Zeitung, die vor mir auf dem Tisch lag. „Roswitha Thiele war eine Schulkameradin von mir."

Fragend sah ich die Schülerin an, die offenbar das Gespräch suchte, um sich zu erleichtern.

„Roswitha hat wie ich hier im Café in den Sommerferien gejobbt und wollte eigentlich schon am letzten Montag in Urlaub gefahren sein. Ich möchte wissen, warum sie hier geblieben ist."

Ob Roswitha denn in Paderborn oder der Umgebung gewohnt habe, fragte ich mit geheuchelter Anteilnahme.

„Schon, aber wir sind hier im Internat", antwortete das Mädchen mit einem verlegenen Lächeln. „Roswitha war gerade in die 13. gekommen, ich bin in der Klasse zwölf. Wir sind Schülerinnen im Mädchengymnasium Sankt Michael, wenn Sie wissen, was ich meine."

Ich wusste es in der Tat, schließlich hatte ich mich gut vorbereitet für unser Abenteuer. Das Mädchengymnasium galt früher einmal als die Eliteschule schlechthin. Maximal 25 Mädchen pro Jahrgangsstufe wurden dort unterrichtet. Ausgewählt rein nach schulischen Leistungen, durften sie im von Nonnen betreuten Internat wohl behütet wohnen und lernen. Wer im St. Michael die Reifeprüfung ablegte, dem stand die Zukunft offen.

Das galt allerdings für Roswitha Thiele nicht mehr.

„Es ist für mich unbegreiflich, was da passiert ist." Die Aushilfskellnerin hatte Mühe, ihre Tränen zu unterdrücken. „Das macht keinen Sinn. Roswitha hat doch nichts getan."

Was sollte ich darauf entgegnen?

„Es gibt Dinge zwischen Himmel und Erde, davon werden wir nie erfahren", flüchtete ich mich in einen Allgemeinplatz, der die jugendliche Bedienung veranlasste, sich enttäuscht von mir abzuwenden.

Es fiel mir schwer, den Kopf wieder frei zu bekommen, die Schülerin tat mir leid. Sollte ich dem Mädchen etwa empfehlen, mit der Polizei Kontakt aufzunehmen? Aber wahrscheinlich würden die Ermittler schon von sich aus auf die Idee kommen, die Schulkameradinnen von Roswitha zu befragen.

Mich ging das Geschehen im Prinzip nicht an, redete ich mir ein. Morgen schon würden wir uns in die Sättel schwingen und gen Aachen radeln. Der Gedanke daran machte mich zufrieden.

Ich wollte mit geschlossenen Augen die Sonnenstrahlen und die Ruhe genießen, die uns umgab, und empfand es als ziemlich störend, als ich das hohe, aufdringliche Piepsen eines Handys vernahm. Vor Schreck wischte ich beinahe das Wasserglas vom Tisch, als ich bemerkte, dass ausgerechnet Dieter aufgeregt an seiner Kleidung herumnestelte und sein mobiles Telefon ans Tageslicht holte.

Wir hatten vorher ausgemacht, dass wir uns von niemandem stören lassen und für niemanden zu sprechen waren. Dieter hatte mir obendrein hoch und heilig versprochen, das Handy zu Hause zu lassen. Und jetzt? Sein Wortbruch grenzte schon fast an die Aufkündigung unserer Freundschaft, wie ich ihm mit einem funkelnden Blick zu verstehen gab. Am liebsten hätte ich meinem angeblichen Freund das Gerät aus der Hand gerissen und ins Paderwasser geworfen.

Auch wenn mir das Handy schon einmal lebensrettende Dienste geleistet hatte, war es jetzt nach meiner Ansicht völlig fehl am Platze.

Verlegen zuckte Dieter mit den Schultern und grinste gequält. „Do wollte, dass ich erreichbar bin", versuchte er sich zu entschuldigen.

Ich konnte und wollte ihm nicht so recht glauben und hielt seine Aussage für eine unverfrorene Schutzbehauptung.

Dieter meinte wohl, mit einem Hinweis auf Do könnte er sich herausreden.

Verärgert schaute ich mich um und gab mir alle Mühe, nicht dem Telefonat zu lauschen. Wie ich dennoch mitbekam, sprach Schulz wohl mit Sabine, die während meiner Abwesenheit in der Kanzlei die organisatorischen Fäden in der Hand hielt. Dieter sagte nicht viel. In erster Linie hörte er zu, nickte blöderweise einige Male verständnisvoll und deutete mir aufgeregt in Zeichensprache an, ich solle ihm einen Kugelschreiber und ein Stück Papier besorgen.

Wie ich befürchtete, notierte er auf dem Papier eine Telefonnummer mit einer Aachener Vorwahl. Das konnte nichts Gutes bedeuten. Dahinter steckte wahrscheinlich ein Mandant, der nicht bis nach unserem Urlaub warten konnte.

Aber was sollte es schon Elementares geben, das uns davon abhalten könnte, endlich einmal Urlaub zu machen?

Dieter ließ sich auf keine Diskussion mit mir ein. Er hatte das Gespräch mit Sabine kaum beendet, da wählte er auch schon die nächste Nummer und nahm seinen geschäftsmäßigen Tonfall an.

„Was gibt's, Doktor Schlingenhagen?", hörte ich ihn fragen und schüttelte mich verdutzt.

Dr. Schlingenhagen, das war einer aus der Crème de la Crème von Aachen, einer der Industriellen, die mit Geschick und ohne großes öffentliches Aufsehen ihren Reichtum und die Steuereinnahmen der Kaiserstadt mehrten. Wenn Schlingenhagen sich in unserem Urlaub meldete, musste es tatsächlich irgendwo lichterloh brennen. Für einen derart wichtigen Mandanten musste Dieter in der Tat immer zu erreichen sein, gestand ich insgeheim meinem Brötchengeber zu, auch wenn ich es ihm niemals sagen würde.

Wieder hörte Schulz mit immer stärker werdender Verwunderung zu, notierte sich schließlich eine weitere Telefonnummer und beendete das Gespräch mit der eilfertigen Zusicherung, er würde sich darum kümmern und sich so schnell wie möglich melden.

„Was gibt's, Doktor Schulz?", fragte ich meinen verstörten Freund.

Dieter sah mich lange Zeit nachdenklich an und nippte dann an seinem Kaffee, ehe er antwortete.

„Ich glaube, wir haben gerade Arbeit bekommen." Er deutete auf die Zeitungsartikel. „Der Sohn von Schlingenhagen wird verdächtigt, die junge Schülerin ermordet zu haben. Franz Schlingenhagen wird zurzeit dem Haftrichter vorgeführt und soll wohl in U-Haft genommen werden."

Das hatte uns noch gefehlt, stöhnte ich in mich hinein. Jetzt liefen uns schon die Mörder oder angeblichen Mörder aus Aachen hinterher und ließen sich ausgerechnet in Paderborn festnehmen.

„Und was gedenkst du jetzt zu tun?", fragte ich meinen Freund, obwohl ich wusste, was anstand. Vorsorglich winkte ich die freundliche Bedienung heran und bat um die Rechnung.

„Ich werde mich im Gericht umsehen und versuchen, bei der Vernehmung dabei zu sein. Vielleicht kann ich erreichen, dass er die U-Haft nicht antreten muss."

Große Hoffnung schien Dieter allerdings nicht zu haben.

„Wissen Sie, ob Roswitha einen Freund hatte?", fragte ich die Aushilfsbedienung, als sie mir die Rechnung brachte.

Sie verneinte entschieden. „Bei uns im Internat hat niemand einen Freund. Das lässt sich mit unserer Er-

ziehung nicht vereinbaren", sagte das Mädchen er-
rötend. Offenbar glaubte sie selbst nicht ernstlich,
was sie da von sich gab. „Wie kommen Sie darauf?"
„Nur so, es hätte ja sein können", beschwichtigte ich
die Schülerin lächelnd.

Schnell eilten Dieter und ich stadtabwärts zum Hotel
Arosa, wo wir uns für die Nacht einquartiert hatten.
Dieter erachtete sein äußeres Erscheinungsbild als
unpassend und wollte sich für seinen Gang zu Gericht und Staatsanwaltschaft umkleiden. Auch wollte
er noch Kontakt zu einem Anwaltskollegen in Paderborn aufnehmen.
„Und was machst du?", fragte er mich und machte
mir damit mehr als deutlich, dass meine Anwesenheit bei seiner Tätigkeit nicht erwünscht war.
Ich überlegte nur kurz.
„Wenn's dir recht ist, fahre ich zur Liebesinsel. Vielleicht entdecke ich etwas, das Schlingenhagen junior
helfen kann." Ich glaubte zwar nicht daran, aber es
schien mir immer noch sinnvoller, mit dem Fahrrad
durch die Landschaft zu fahren, als im Hotelzimmer
auf Schulz zu warten.

Den Weg nach Schloss Neuhaus die Pader entlang
konnte ich gar nicht verfehlen. Nach der Einmün-
dung des Flüsschens in die Lippe folgte ich dem Was-

serlauf in den Garten der ehemaligen fürstbischöflichen Residenz Schloss Neuhaus, einem reizvollen Renaissance-Wasserschloss, ehe ich an einer Brücke absteigen musste. Vor mir lag die sogenannte Liebesinsel, die Halbinsel, die durch die von rechts heranfließende Alme und die Lippe gebildet wurde. Die Brücke, auf die der Weg mündete, überspannte die beiden Flussläufe. Ich musste vorsichtig einen kleinen Pfad neben dem Brückenfuß entlanglaufen, um vorwärts zukommen. Doch weit kam ich nicht.

Mit rot-weißen Flatterbändern war der letzte Zipfel der kleinen Landzunge abgesperrt. Ein älterer Polizist, der den Flecken bewachte, musterte mich kritisch.

„Hier soll Franz Schlingenhagen Roswitha Thiele umgebracht haben?", fragte ich ihn höflich, aber bestimmt und er starrte mich perplex an. „Oder hat er sie woanders umgebracht und hierher gebracht?"

Der Polizist antwortete nicht, vielmehr forderte er mich barsch auf, zu verschwinden. Hier gäbe es nichts für Naseweise wie mich zu sehen.

Ich grinste den Ordnungshüter frech an, hielt ihm eine Visitenkarte unter die Nase und erklärte mich kurzerhand zum Verteidiger von Schlingenhagen, der, wie er ja sicherlich wisse, verdächtigt würde, das arme Mädchen umgebracht zu haben.

Der Polizist schluckte, schaute sich rasch um und hob das Band an. „Kommen Sie", flüsterte er plötzlich kumpelhaft, „aber passen Sie auf und machen Sie nichts am Tatort kaputt."

Nun war es an mir, verwundert auszuschauen, doch der Ordnungshüter lächelte nur.

„Ihr Besuch ist mir schon per Funk angekündigt worden, Herr Grundler." Er musterte mich erneut, aber nun mit Respekt. „Sie müssen schon ein verdammt hohes Tier sein, wenn Kommissar Dietrich Sie hier ohne Aufsicht gewähren lässt. Ihr Kollege, Doktor Schulz, hat ihn wohl bequatscht."

Ich schmunzelte zufrieden. Offenbar hatte sich sogar bis nach Paderborn herumgesprochen, dass es für alle Beteiligten besser war, mit mir zusammenzuarbeiten als mich auszuschließen. Insofern hatte mir der leidige Karlspreisterror doch viele Türen, auch außerhalb des heimischen Westzipfels geöffnet. Andererseits, und das musste ich mir eingestehen, konnte ich ohnehin nichts mehr ändern, wenn die Polizei eindeutige Beweise gegen Schlingenhagen in der Hand hielt.

„Dürfen Sie mir denn auch Auskünfte geben?", fragte ich den Polizisten, der seinerseits lächelte.

„Darf ich und tue ich gerne." Er deutete auf die blanken Flusskiesel an der äußersten Spitze der Halbinsel. „Dort wurde das Mädchen gefunden. Wie Sie wissen, wurde Roswitha Thiele mit einer Drahtschlinge erdrosselt."

„Hier oder woanders?"

„Mit großer Wahrscheinlichkeit hier. Die Kollegen haben keine Schleifspuren oder abgeknickte Äste in der

Gegend gefunden, die darauf schließen lassen könnten, dass das Mädchen hierhin geschleppt oder mit Gewalt gezerrt wurde. Anscheinend ist sie freiwillig hierhergekommen."

Der Polizist sah verträumt in die Fluten. „Das ist hier seit alters her der Treffpunkt der jungen Leute, der Platz der ersten Liebe. Ich weiß nicht, wie viele Liebespaare aus der Umgebung sich hier zum ersten Mal geküsst haben."

„Aber gestorben wird seltener?" Ich unterbrach den Polizisten, bevor er in salbungsvoller Romantik dahinschmolz.

„Das ist in der Tat kein Platz zum Sterben", entgegnete er.

Eher zum Zeugen, dachte ich mir. „Hat das Mädchen die Drahtschlinge noch um den Hals gehabt?", fragte ich.

„Nein."

„Wurde die Tatwaffe bei Schlingenhagen gefunden?"

„So viel, wie ich weiß, noch nicht", antwortete mir der Polizist. „Der Verdächtige streitet auch ab, das Mädchen umgebracht zu haben." Er rieb sich nachdenklich das Kinn. „Das wird sowieso noch eine heikle Angelegenheit. Ich möchte nicht in der Haut der Juristen stecken."

„Wieso nicht?", fragte ich verblüfft.

Der Polizist sah mich an. „Wissen Sie denn nicht, dass Schlingenhagen Student am Priesterseminar des Bistums Paderborn ist?"

Ich wusste es nicht. Woher hätte ich es auch wissen sollen?

Die Mordsache wurde zunehmend interessanter, musste ich zugeben, als ich nach der ergebnislosen Untersuchung des Tatorts mit dem Fahrrad zurück nach Paderborn fuhr. Da war eine gerade einmal 18-jährige Schülerin eines katholischen Internats unter Nonnenleitung ermordet worden, und ein Priesterseminarist, den es aus Aachen nach Ostwestfalen verschlagen hatte, wurde des Verbrechens verdächtigt und steckte wahrscheinlich schon in Untersuchungshaft.

Ob Roswitha und Schlingenhagen etwa etwas miteinander hatten? Ob der angehende Priester die blutjunge

Schülerin auf der Liebesinsel geküsst hatte? Oder sogar mehr? Die Fragen durften zumindest gestellt werden, meinte ich, auch wenn sie vielleicht nicht in das moralische Weltbild von Mädchengymnasium und Priesterseminar hineinpassten.

Ob ich Antworten auf diese Fragen erhalten würde, das war eine andere Frage, die mir auch Schulz nicht beantworten konnte.

Mein Freund war ziemlich aufgebracht, als er ins Hotel zurückkam. „Ich habe immer geglaubt, die Westfalen sind ein stures Volk. Aber der Schlingenhagen übertrifft sie alle", schimpfte er, während er wütend durch unser Zimmer stapfte. „Der sitzt während seiner Vernehmung die ganze Zeit über stumm wie ein Fisch auf seinem Schemel und schüttelt den Kopf. Der sagt noch nicht einmal, ob er unschuldig ist." Dieter sah aus dem Fenster hinaus auf die Straße. „Ich weiß nicht, wie ich dem helfen kann."

„Kann es nicht sein, dass Franz Schlingenhagen sich an ein vermeintliches Beichtgeheimnis hält?", fragte ich nachdenklich. „Vielleicht glaubt der junge Mann in seiner religiösen Art, gegen die Regel seines eigenen Standes zu verstoßen, wenn er sich äußert."

„Komisches Beichtgeheimnis", hielt mir Dieter ungehalten entgegen. „Inzwischen hat die Obduktion ergeben, dass das Mädchen schwanger war. Aus falsch verstandenem Schamgefühl hat Schlingenhagen seine kleine Freundin umgebracht, so stellt sich für den Staatsanwalt der Sachverhalt dar, und der Richter hat keine Bedenken, ihm zu folgen."

„Das heißt also", folgerte ich nüchtern, „dass Schlingenhagen derzeit im Bau sitzt und gegen ihn wegen Mordes ermittelt wird?"

„So ist es", bestätigte Schulz, der seufzend zum Telefon griff. „Ich glaube nicht, dass dieses Zwischenergebnis den alten Schlingenhagen begeistern wird." Es gäbe eigentlich nur eine Hoffnung, um den Junior aus der U-Haft zu bekommen. „Das Bistum muss sich für ihn einsetzen und ihn unter Hausarrest stellen. Der Haftrichter würde sogar mitspielen. Jetzt warten wir alle auf die Entscheidung des Bischofs. Wir hoffen, dass er sich morgen erklärt."

Schulz suchte in seiner Brieftasche nach dem Zettel mit der Aachener Rufnummer von Schlingenhagen, die er mit Unbehagen eintippte. Ausführlich schilderte er seine Bemühungen, die bedauerlicherweise noch zu keinem positiven Ergebnis geführt hätten. Selbstverständlich, so versicherte Schulz dem Industriellen, würde er so lange in Paderborn bleiben, bis der Fall geklärt sei. Selbstverständlich, so fügte er beflissen hinzu, würde er sich für eine baldige Freilassung des Sohnes einsetzen.

Ich sah meinen Freund skeptisch an, als er sich nach dem unerfreulichen Telefonat ermattet in einem Sessel niederließ. „Glaubst du etwa im Ernst an eine Freilassung?"

„Nein", antwortete Dieter ehrlich, „aber wir sind es unseren Mandanten schuldig, dass wir uns nach bestem Wissen und Gewissen für sie einsetzen."

„Mit anderen Worten«, so nörgelte ich, „wir können uns unsere Tour zunächst einmal abschminken und hocken hier mitten in der westfälischen Wildnis, bis sich Schlingenhagen junior wieder in der Obhut der katholischen Kirche befindet. Oder willst du etwa so lange warten, bis ihm der Prozess gemacht wird?"
Dieter lachte gequält auf. „Natürlich nicht, Tobias. Spätestens am Dienstag machen wir uns vom Acker."

Diese Aussicht war nicht gerade erbaulich.
Und die Aussicht wurde nicht besser nach unserem abendlichen Bummel durch das Studentenviertel in Paderborn. Dagegen herrschte in Aachen das pulsierende Leben, hier wurden offenbar mit Sonnenuntergang selbst in den Studentenkneipen die Stühle hochgestellt.
Wie wir es hier bis Dienstag aushalten sollten, ohne vor Langeweile gestorben zu sein, war mir ein Rätsel. Die studienfreie Sommerzeit als Argument für die Leere in den Gastwirtschaften ließ ich nicht gelten.
„In Aachen herrscht das ganze Jahr über Hochbetrieb", behauptete ich.
Ziemlich frustriert zogen wir uns weit vor Mitternacht auf das Zimmer zurück.
Wie es mit einem Gute-Nacht-Gebet wäre, schlug ich Dieter vor, als wir in den Betten lagen. In Paderborn wäre eines sehr beliebt. Er würde es bestimmt kennen, immerhin

stammt es von der Namensgeberin einer Grundschule in Aachen, die in Paderborn ihren Lebensabend verbracht hatte.

„Oder weißt du etwa nicht, dass Luise Hensel das Gebet ‚Müde bin ich, geh' zur Ruh' gedichtet hat?", fragte ich meinen Freund lästernd.

Auf uns würde das Gebet bestimmt nicht zutreffen, entgegnete Dieter pikiert. Aber es könne für Franz Schlingenhagen gelten. „Der muss garantiert sein Gewissen erleichtern, bevor er einschlafen kann."

# Hasensprünge

Ich konnte dem vermeintlichen Uröcher Karl auch fast 1200 Jahre nach seinem Ableben noch nicht verzeihen. Schließlich war er es gewesen, der durch seine damalige Bauaktivität in Blickweite zum Teutoburger Wald und zum Eggegebirge ursächlich dazu beigetragen hatte, dass ich mich heutzutage dort langweilte. Unser legendärer Kaiser hatte im Jahre 777 als erster fränkischer König den ersten fränkischen Reichstag auf sächsischem Boden abgehalten

– und so kam ich mir nun als Fremder vor, der argwöhnisch beobachtet wurde als jemand, der nicht in die Region passte. Aber anders als der große Karl hatte ich beileibe nicht die Absicht, mir in Paderborn neben Aachen einen zweiten Dienstsitz aufzubauen. Nach der erfolgreichen, zwangsweisen Christianisierung der in diesem Gebiet ansässigen Sachsen, wie die kriegerisch-blutige Auseinandersetzung verharmlosend umschrieben wird, hatte der verherrlichte Kaiser oberhalb der Paderquellen einen Dom und eine Pfalz als Stützpunkt und Bischofssitz bauen lassen, um seine rebellischen Untertanen besser unter Kontrolle zu halten. Dass in Paderborn auch der Vertrag zwischen Papst Leo III. und Karl verhandelt wurde, der dem Öcher Urgestein später die Krönung zum Kaiser von Rom einbringen sollte, soll nur am Rande erwähnt sein; die Folgen des Deals hatten wir jetzt auszubaden: Schulz und ich als ahnungslose Anwälte in der Fremde und ein kleiner Priesterseminarist aus Aachen, der sich angeblich nach dem kaiserlichen Vorbild nicht vorbildlich gegenüber einem hübschen, weiblichen Exemplar der heimischen Bevölkerung verhalten hatte. Die ganze Weltgeschichte und damit auch mein Urlaub hätten sich anders entwickelt, wenn unser Kaiser damals nicht so machtlüstern gewesen wäre.

So streunten Schulz und ich lustlos durch die von modernen Einkaufsketten durchzogene Fußgängerzone von Paderborn mit dem Betonunikum eines Bus-bahnhofes und dem schnuckeligen Rathaus mit den markanten Arkaden mittendrin. Nicht gerade attraktivitätsfördernd war das neue Erzbischöfliche Museum, das irgendein fortschrittsgläubiger Architekt direkt neben den Dom gepflanzt hatte und das in seiner auffallenden Konstruktion mit der Verkleidung aus Bleiplatten nach meiner Auffassung alles andere als schön ist. Ich nahm es kommentarlos zur Kenntnis, dass mich mein Chef wegen meines fehlenden Architekturverständnisses und des Unwissens, dass der Kölner Architekt Gottfried Böhm dieses bauliche Kunstwerk geschaffen hätte, schalt.

Im Vergleich zu dieser katholischen Stadt aus Kaiser Karls Gnaden war Aachen, wie ich bedauernd akzeptieren musste, wahrlich ein Schmuckkästchen. Die einzige Attraktion, die Paderborn für eine Zeitlang besaß, war ausgerechnet die Leihgabe aus Aachen, war der Sarkophag Karls, behauptete ich schnoddrig. Offenbar hatten selbst die Theologiestudenten sich in dieser Stadt schon vor Jahrhunderten gelangweilt. Nur so konnte ich es mir erklären, dass ausgerechnet gegenüber der theologischen Fakultät, dem Theodorianum, im Jahre 1652 in einer Eckkneipe das Kartenspiel Sechsundsechzig erfunden worden war, wie auf einem Steinrelief stolz mitgeteilt wurde. Hier gab es halt keine sinnvolle Freizeitbeschäftigung, knurrte ich vor mich hin.

Bloß raus aus diesem Kaff!, konnte da nur unsere Devise lauten, die allerdings Schlingenhagen junior zunächst noch vereitelte.

So war ich nicht gerade gut gelaunt, als wir endlich das adrette Café wieder gefunden und auf der Terrasse Platz genommen hatten.

Zu meinem Erstaunen waren die beiden westfälischen Tageszeitungen ziemlich moderat mit dem Tatverdächtigen umgegangen. Da war nur von einem 25-jährigen Studenten aus Aachen die Rede, der bislang beharrlich zum Mordvorwurf schweige. Auch wurde die Schwangerschaft der Schülerin mit keinem Wort erwähnt.

„Hier hat halt die katholische Kirche noch viel zu sagen", vermutete ich im Gespräch mit Dieter, „die Kirche bringt sogar die Zeitungen dazu, zurückhaltend zu sein." In Aachen wäre so etwas nicht möglich, behauptete ich und dachte unwillkürlich an einen gelegentlichen Weggefährten, einen Zeitungsreporter. Der ließe sich garantiert nicht so eng an den zensierenden Zügel nehmen.

Die Zeitungen berichteten von den laufenden Ermittlungen der Staatsanwaltschaft und der Erwartung, bald die Beweise finden zu können, die den Täter eindeutig überführen würden. Damit umschrieben die Blätter diskret die medizinische Untersuchung, durch die festgestellt werden sollte, dass Schlingenhangen die bedauernswerte Tote geschwängert hatte.

„Warum hast du bloß dieser Untersuchung nicht widersprochen?", hatte ich mit Schulz schon bei der Zeitungslektüre am Frühstückstisch geschimpft.

„Warum sollte ich?", hatte mein Freund bloß lapidar zurück gefragt, um mich dann doch noch mit einer Antwort zu belehren. „Entweder ergibt die Untersuchung, dass der Junior der Erzeuger ist, was aber immer noch nicht beweist, dass er auch der Mörder ist, oder sie ergibt, dass jemand anders das Mädchen beglückt hat. Dann aber wird's erst richtig kompliziert", meinte er.

Ich hatte mich an Dieters Überlegung nur halbherzig beteiligt und stapfte missmutig neben ihm her, als er durch die Stadt zum das Stadtbild beherrschenden Dom schlenderte. Ich jedenfalls hätte eine Untersuchung so lange abgelehnt, so lange sich Schlingenhagen in Schweigen hüllte, hielt ich ihm ungehalten vor.

„Das kannst du sehen, wie du willst", hatte Dieter gemeint, als wir am Kapitelsfriedhof vor dem Dom standen.

„Wie viele Hasen haben wie viele Ohren?", fragte er grinsend und deutete auf ein Rundfenster im Kreuzgang.

„Blöde Frage. Ich hau' dir gleich eine um die Löffel", grunzte ich. Ich sah uninteressiert in die Höhe und rieb mir dann verwundert die Augen. Dort waren tatsächlich drei Hasen mit insgesamt nur drei Ohren abgebildet, und doch hatte jeder Hase zwei.

„Was lernen wir daraus, mein Freund?" Dieter schlug mir vergnügt auf die Schulter. „Es ist nicht alles so, wie es auf den ersten Blick und nach unserer Erfahrung scheint. Das gilt bestimmt auch für unseren Mandanten Franz Schlingenhagen."

Die merkwürdigen Hasen gingen mir während des Tages nicht mehr aus dem Sinn. Sie rannten gewissermaßen im Kreis und schienen doch nicht vorwärts zu kommen. Damit war ich wieder bei mir. Am liebsten hätte ich große Sprünge gemacht, aber mir ging es wie den Hasen.

Auch ich kam nicht vorwärts, hockte oberhalb der Paderquellen in einem Café und sehnte mich nach Sabines Nähe. Aber darauf nahm mein hartherziger Chef keinerlei Rücksicht.

„Ich dachte, Ihre Schulkameradin Roswitha Thiele hatte keinen Freund", fragte ich wissbegierig die Schülerin, die uns wieder bediente.

Das Mädchen sah mich verstört an, nachdem sie das Gedeck vor mir abgestellt hatte.

„Roswitha war schwanger, wussten Sie das nicht?", fuhr ich fort und achtete nicht auf Schulz, der mich zurückhalten wollte. „Oder gibt's in Paderborn etwa noch die unbefleckte, jungfräuliche Geburt?"

Die junge Bedienung errötete und schluckte schwer. Schnell wollte sie gehen, aber ich hinderte sie daran.

„Es ist wahrscheinlich besser, wenn Sie mit mir reden, besser jedenfalls, als wenn Sie bald von der Polizei verhört werden", sagte ich provozierend lässig. „Ihr Chef wird es bestimmt nicht gerne sehen, wenn Sie während der Arbeitszeit zu einem Verhör abgeholt werden."

Die Schülerin schluckte noch einmal. „Wie kommen Sie auf die Schwangerschaft?", fragte sie leise und ich klärte sie über das Obduktionsergebnis auf.

Sie habe davon nichts gewusst, antwortete sie endlich. „Ich kann es mir auch nicht vorstellen. Roswitha war eigentlich schüchtern und zurückhaltend."

‚Oder sie war das stille Wasser, das so tief und undurchsichtig ist', dachte ich mir.

„Wir hätten es bestimmt erfahren müssen. Bei uns in der Schule und im Internat bleibt nichts verborgen." Das Mädchen lächelte mich verlegen an. „Im wievielten Monat war sie denn?"

Ich gab die mich überraschende Frage weiter an Dieter, der mich zuerst böse anfunkelte, ehe er sich doch zu einer Antwortet durchrang. „Es muss gerade erst passiert sein, vielleicht vor zwei, drei Wochen. So schätzt jedenfalls der Gerichtsmediziner."

„Also zu Beginn der Sommerferien", überlegte die Schülerin, „da war ich eine Woche auf Exerzitien."

„Und anschließend haben Sie nicht mehr mit Roswitha gesprochen?"

„Doch. Aber nicht über eine Schwangerschaft", antwortete die Bedienung spitz. Sie ärgerte sich anscheinend über meine bohrende Fragerei. Dann mäßigte sie ihren Tonfall. „Sie kam mir etwas ruhiger vor oder sogar verängstigt, aber ich habe mir nichts dabei gedacht." Roswitha habe immer nur davon gesprochen, dass sie bald an die Nordsee fahren würde, wahrscheinlich nach Belgien.

„Allein?" Ich bemerkte ein kurzes Flackern in den Augen des Mädchens, als ich die Frage stellte.

„Jedenfalls nicht mit ihren Eltern oder Geschwistern. Aber auch nicht mit einem Freund. Sie war eine Einzelgängerin und wollte wohl auch alleine fahren."

Die Mischung aus pampig-frechen Antworten und der errötenden Verlegenheit machte mich ärgerlich. Meinte die Göre etwa, sie könnte mit mir spielen?

„Kennen Sie Franz Schlingenhagen?"

Das Mädchen zuckte kurz.

„Das ist der Priesterseminarist, der mit Roswitha zusammen war und der mit Ihrer Kameradin geschlafen haben soll", fuhr ich streng fort.

„Franz doch nicht!", entfuhr es der Schülerin spontan.

Ich atmete erleichtert auf. Jedenfalls war Schlingenhagen junior nicht unbekannt. „Kennen Sie ihn, ja oder nein?"

34

Die jugendliche Bedienung nickte. „Franz ging bei uns ein und aus. Der hat mit uns Hausaufgaben gemacht, Nachhilfe gegeben oder diskutiert. Der war so etwas wie unser Maskottchen, wenn ich es so sagen darf."

„Also jedermanns Liebling?"

„So kann man es sehen. Aber rein platonisch. Der war zum Priester geboren, der ist harmlos lieb."

„Und dann hat er sein wahres Gesicht gezeigt, sich über Roswitha hergemacht und sie anschließend abgemurkst. Können Sie sich das vorstellen?" Ich musterte das junge Mädchen intensiv.

Die Schülerin schüttelte verneinend ihren Kopf und sah mich betrübt an. „Das kann ich mir beim besten Willen nicht vorstellen."

Eine keifende Seniorin am Nachbartisch beendete abrupt unser Gespräch. Ob sie nicht bedient würde in diesem Laden, mokierte sie sich über ihre kurze Wartezeit. Sie würde sich beschweren, wenn die Bedienung nicht sofort käme, drohte sie. Mit einem entschuldigenden Schulterzucken wandte sich die Schülerin von uns ab.

Ich streckte mich und gähnte. „Was sagst du dazu, mein großer Meister?", fragte ich Schulz, der nachdenklich in seiner Kaffeetasse rührte.

„Ich sage überhaupt nichts mehr, bevor ich nicht mit meinem Anwalt gesprochen habe", entgegnete er ironisch.

„Ist Roswitha die Scheinheilige, die gar nicht so bieder ist, wie ihre Kameradin glaubt? Ist Schlingenhagen wirklich der brave, harmlose Priesterschüler, wie sie annimmt? Oder haben es beide faustdick hinter den Ohren gehabt? Oder ist es einfach nur so passiert?"

Dieter schüttelte den Kopf. „Ich kann mir nicht vorstellen, dass das Problem mit einem Federstrich gelöst ist."

Mich hatte eine Bemerkung des Mädchens aufhorchen lassen, aber ich behielt sie besser noch für mich. „Du musst doch eine Position haben", sagte ich zu Dieter. „Bist du für oder gegen Schlingenhagen, hältst du ihn für einen Mörder oder nicht?"

Dieter drückte sich vor einer klaren Antwort. „Ich weiß es wirklich nicht. Was meinst du denn?"

Ich rieb mir über die Augen. „Im Gegensatz zu dir kenne ich Franz Schlingenhagen nicht. Ich möchte mir erst einen Eindruck von ihm machen, bevor ich dir sage, was ich meine." Am besten sei es, wenn wir den jungen Mann im Gefängnis aufsuchten, schlug ich vor. Dort könnte ich mit ihm sprechen. „Vielleicht können wir ihn ja auch gleich ins Priesterseminar mitnehmen." Ich schaute mich in dem Café nach einer Uhr um und war erstaunt. Es ging verdammt schnell auf Mittag zu.

„Wir müssen uns beeilen, sonst sind für heute alle Türen verschlossen", drängte ich. „Die wollen am Nachmittag bestimmt alle in die Messe."

Wir hatten das Café kaum verlassen, da meldete sich auch schon Dieters vermaledeites Handy.

„Kannst du das Ding nicht in der Pader versenken?", brummte ich, während Schulz nach dem richtigen Knopf suchte, um das Gerät zu aktivieren. „Wegen einer guten Nachricht ruft dich doch ohnehin niemand an. Da will uns garantiert wieder einer nur die Stimmung vermiesen."

Ich ließ Dieter stehen und steuerte in meiner Unruhe eine Buchhandlung auf der anderen Straßenseite an. Sollte er doch mit seinem Handy flirten, ich wollte lieber nachschauen, ob es auch hier im östlichen Westfalen Krimis aus Aachen gab. Aber so weit war der gute Ruf des Tatorts Grenzland wohl doch noch nicht gedrungen. Oder lag es daran, dass die Menschen seit ihrer schmerzlich kriegerischen Erfahrung mit unserem Öcher Kaiser alles kriminelle ablehnten, was auch nur entfernt mit dessen Heimat zu tun haben konnte?

Ich kam nicht mehr dazu, dieses belanglose Problem zu überdenken.

Dieter war ziemlich blass um die Nase, als er sich mir näherte. Er hatte verbittert die Lippen zusammengekniffen und sah mich mit glanzlosen Augen an.

„Was ist los, mein Freund?", fragte ich bekümmert.

Hilflos zuckte Dieter mit den Schultern und hob verlegen die Arme. „Franz Schlingenhagen ist tot. Er hat sich in seiner Zelle aufgebaumelt."

Ich hatte Schwierigkeiten, die Meldung zu verdauen und wollte nachfragen.

Doch winkte Dieter ab. „Mehr weiß ich auch nicht. Ein Kommissar namens Dietrich von der Paderborner Kripo hat mich gerade angerufen und informiert. Er will mit uns sprechen, bevor der alte Schlingenhagen benachrichtigt wird. Wir sollen sofort ins Untersuchungsgefängnis kommen."

Sprachlos stapften wir los.

In dieser überschaubaren Stadt waren die wichtigsten Einrichtungen zu Fuß leicht zu erreichen. Da war es fast schon wieder so wie in Aachen, wo es auch hügelauf und hügelab ging. Über den Domplatz und am Bischofssitz vorbei kamen wir zum Gericht und zum angrenzenden Gefängnis.

Das Bedauern des Kommissars war echt, als er uns in einem schlichten Büro begrüßte und zu einem Schreibtisch führte. Meine Anwesenheit „als Kollege und Freund", wie mich Schulz vorstellte, nahm er kommentarlos hin.

„Mir tut es wirklich leid um den Jungen, auch wenn er ein Verbrechen begangen haben sollte. Eigentlich war er kein schlechter Kerl, denk' ich mal. Der hat nur die Nerven verloren", sagte er teilnahmsvoll.

Ich hatte den Eindruck, der Kommissar übte seine Funktion aus, ohne zu vergessen, dass er auch Mensch ist. Der Mann Anfang fünfzig sah mitgenommen aus. Auf diese Art wollte er bestimmt nicht seine Fälle lösen. Er schüttete uns ungefragt Kaffee ein.

‚So ein Selbstmord wirft immer mehr Fragen auf als er Antworten gibt‘, dachte ich und bat Dietrich, uns die Informationen zu geben.

Viel sei es nicht, gab er zu. „Wir haben Schlingenhagen heute vorgeführt, um die medizinische Untersuchung wegen der vermeintlichen Vaterschaft vorzunehmen. Anschließend wurde er in die Zelle zurückgeführt. Als die Wärter ihm wenige Minuten später das Mittagessen bringen wollten, hing er schon leblos am Fenstergitter. Er hat sich mit der Schnur seines Rosenkranzes aufgehängt. Der Arzt konnte nur noch den Tod feststellen." Der Kommissar schüttelte verständnislos den Kopf. „Das war eine unerwartete Überreaktion. Der Junge war zwar verschlossen, aber er strahlte dennoch eine innere Ruhe aus. Mit diesem Selbstmord konnte wohl niemand ernsthaft rechnen." Er seufzte und verschränkte die Arme vor der Brust. „Jetzt steht uns das Schlimmste noch bevor. Wir müssen den Vater, den Bischof und dann auch noch die Presse benachrichtigen."

Dietrich sah uns erschöpft an. „Das hat es während meiner langen Dienstzeit noch nicht gegeben, dass ein Priesterseminarist im Paderborner Gefängnis Selbstmord begeht.«

Er wandte sich bittend an Dieter. „Können Sie nicht mit der Familie Schlingenhagen sprechen? Sie sind immerhin ihr Anwalt und kennen sie mit Sicherheit viel besser als ich."

Ich beobachtete, dass mein Freund sich schon bereit erklären wollte und legte ihm bremsend die Hand auf den Arm. So schnell wurde der Kommissar sein Problem und damit auch uns nicht los. „Was ist mit der Untersuchung von Schlingenhagen? Wird sie trotz seines Ablebens vorgenommen?"

Man könne unter diesen Umständen wohl darauf verzichten, entgegnete Dietrich. Sie würde nicht mehr von Bedeutung sein, nachdem Mutter und vermeintlicher Vater nicht mehr lebten.

Ich fände es aber im Interesse unseres Mandanten besser, wenn wir ein Untersuchungsergebnis bekommen. „Der Nachweis der Vaterschaft gibt auch Klarheit über ein wahrscheinliches Motiv«, gab ich schnell zu bedenken. „Diese Klarheit ist jedenfalls besser als eine ewige Ungewissheit."

Der Kommissar rieb sich nachdenklich übers Kinn. Offenbar war er von meinem Ansinnen nicht angetan.

Ich wollte Dietrich die Entscheidung in meinem Sinne erleichtern. „Ich mache Ihnen einen Vorschlag: Sie kümmern sich um die Untersuchung, wir kümmern uns um die Familie Schlingenhagen."

Mit einem müden Lächeln stimmte er zu.

„Was ist eigentlich mit Roswitha Thiele? Wann wird sie beerdigt?", fragte ich weiter.

Ursprünglich wollte der Staatsanwalt die Leiche heute noch freigeben, antwortete der Kommissar, aber jetzt würde er wahrscheinlich mit der Freigabe warten, bis das Untersuchungsergebnis von Schlingenhagen vorliege. „Wer weiß, welche Ungereimtheiten da vielleicht noch auf uns zukommen."

Irgendwie machte mich diese Bemerkung stutzig. Wieso konnte der Kommissar von Ungereimtheiten sprechen, wenn er eben noch keine Untersuchung vornehmen wollte?

Anscheinend hatte er meine Überlegung erraten. „Sie haben recht, Herr Grundler, eine schmerzhafte Klarheit lässt uns auf Dauer bestimmt ruhiger leben als eine Ungewissheit, die allen Spekulationen freien Lauf lässt." Dietrich schaute versonnen in seine leere Kaffeetasse.

„Wo lebte eigentlich die ermordete Schülerin?",
fragte ich, weniger aus besonderem Interesse heraus
als vielmehr, um das Gespräch fortzuführen.

„Nicht weit von hier", bekam ich von Dietrich zur
Antwort. „In Salzkotten, knapp 20 Kilometer ent-
fernt. Die B 1 entlang in Richtung Dortmund." Der
Kommissar grinste verlegen. „Das Dorf kann ich
Ihnen wärmstens empfehlen. Dort gibt es mit Ab-
stand das beste Eis im Paderborner
Land."

Das Stichwort Eis brachte mich auf die beiden Toten
zurück. Sie würden wahrscheinlich auch schon auf
Eis liegen und dort bleiben, bis sie endlich zu ihrer
ewigen Ruhe gebettet wurden.


Schweigsam gingen Dieter und ich zum Hotel zurück
und nahmen einen kleinen Happen zu uns. Während
mein Freund die schwierige Aufgabe erledigte, den
alten Schlingenhagen über den Tod seines Sohnes
aufzuklären, nahm ich mir die Landkarte vor. Ich
musste mich ablenken, um nicht mitzuhören und
mitzuleiden. Das Überbringen von Todesnachrichten
war eine der Aufgaben, die ich nach Möglichkeiten
weit von mir schob, und ich war froh, als Dieter nach
einem letzten Kondolenzgruß das Telefonat beendete.

Er atmete tief durch und schaute mich betroffen an.

Was sollten wir machen? Es war zu spät, um in Richtung Heimat aufzubrechen, und es war noch zu früh, um die angeblich schönen Musikkneipen, die uns der ortskundige Kommissar empfohlen hatte, zu suchen. „Fahren wir halt nach Salzkotten ein Eis essen", schlug ich Dieter vor. Die paar Kilometer hin und zurück reichten zwar gerade einmal aus, um die Muskulatur zu lockern, aber sie würden uns auf andere Gedanken bringen.

Nach einer zügigen Fahrt über Feldwege parallel zu einer Umgehungsstraße bogen wir in Salzkotten von der Bundesstraße ab und landeten auf einem verkehrsberuhigten Marktplatz mit dem Rathaus und einer attraktiven Brunnenanlage. Auch in diesem Dorf schien sich alles ums Wasser zu drehen, bemerkte ich zu Dieter, während wir uns einer italienischen Eisdiele in einer modernen, und doch harmonisch alt wirkenden Häuserzeile zuwandten.

Das Eis war wirklich verdammt gut und dabei auch nicht teurer als in Aachen. Mit dem Hörnchen in der Hand schoben wir die Fahrräder über die gepflasterte Straße und überquerten einen kleinen Fluss, an dem sich ein Mühlrad drehte und auf dessen gegenüberliegenden Seite ein Gradierwerk in die Höhe ragte. Wir setzten uns auf eine der davorstehenden hölzernen Bänke und atmeten die leicht salzhaltige Luft ein, die durch das über das Strauchwerk herabrieselnde Wasser angereichert wurde.

Hier ließe es sich auch leben, meinte ich zu Dieter, der ablehnend den Kopf schüttelte.

„Ich will nach Hause", brummte er. „Was willst du in so einem westfälischen Kaff?"

Damit waren wir wieder bei einem unserer Lieblingsthemen, beim unübertroffenen Selbstverständnis der Öcher, die nur sich kannten und todunglücklich waren, wenn sie länger als zwei Tage auf ihresgleichen verzichten mussten und die deshalb fast alles ablehnten, was nicht aus Aachen kam.

„Du hast bestimmt kalt, wa?", stichelte ich, als Dieter sich unruhig über die Arme strich. „Du musst in Mamis Bettchen." Ich wurde versöhnlich. „Wann wollen wir los in Richtung Aachen?"

„Wenn's nach mir geht, so schnell wie möglich", antwortete mein Freund.

„Also morgen?"

Mein Brötchengeber stimmte mir zu. „Aber nur, wenn du mir erlaubst, dass ich das Handy mitnehmen darf. Schließlich wollen wir ja immer auf dem Laufenden sein und sofort informiert werden, wenn das Untersuchungsergebnis von Schlingenhagen vorliegt. Daran bist du ja bestimmt sehr interessiert."

# Steinerne Zeugen

Dieter bezeichnete mich als hoffnungslosen Pedanten, als ich am Sonntag beim Start unserer Tour darauf bestand, zunächst die Räder bis zum Dom zu schieben und von dort loszufahren und nicht, wie von meinem Freund gewünscht, direkt ab dem Hotel. Das sei nicht korrekt, hatte ich mich beschwert. Ich hatte mich auf den Rand des Neptunbrunnens auf dem Platz vor dem Dom gesetzt und beobachtete Dieter, der das erste Hinweisschild der Radstrecke suchte.

„Die Kaiser-Route hat Start und Ziel am Paderborner Dom und am Aachener Rathaus. Daran wollten wir uns halten und darauf bestehe ich." Im Übrigen, so warf ich ihm vor, seien es gerade die Aachener gewesen, die die Genauigkeit in Westfalen eingeführt hätten, da könne er jetzt nicht hingehen und fünf gerade sein lassen. Ob er noch nie etwas von dem Regierungspräsidenten von Mallinckroth gehört hätte, ärgerte ich meinen Freund. „Der war ein Öcher Pedant, wie er im Buche stand und hat zunächst seine Tochter Pauline und danach die komplette Familie nach Paderborn umgesiedelt, um denen hier zu zeigen, was preußische Ordnungsliebe ist."

Dieter gab sich überraschend schnell geschlagen. „Bevor du mich dumm und dämlich redest, lass' uns von mir aus da oben anfangen."

An einem Schildständer links vom Hauptportal des Doms würden wir das erste Hinweisschild der Kaiser-Route finden, so hatte es uns der Tourenführer verraten.

„Das erste von 141. Und wehe, du lässt eines aus", drohte ich Dieter, „dann fahren wir die gesamte Strecke noch einmal von vorne ab."

Mein Chef blieb ungerührt. Er schwang sich in den Sattel, richtete noch einmal seinen Rucksack und startete. Ich musste mich beeilen, um ihn nicht schon auf den ersten Metern bergab auf der gepflasterten Gasse durch die verkehrsberuhigte Innenstadt aus den Augen zu verlieren.

An den Paderquellen und der Paderhalle vorbei führte uns die Route aus dem Zentrum hinaus. Am Westerntor verließen wir den mittelalterlichen Stadtkern. Am Padersee vorbei kamen wir schließlich auf den Radweg entlang einer Umgehungsstraße, die uns zunächst wenig reizvoll nach Wewer brachte. Wir fuhren schweigend nebeneinander her und wunderten uns über die vielen Radfahrer, die am frühen Sonntag doch schon unterwegs waren. DerVerkehr war an dem warmen, klaren Tag fast schon zu viel und ließ ein zügiges, ungehindertes Fahren nicht zu.

Wir wollten im Schnitt 25 Kilometer in der Stunde schaffen und dabei zwischen 100 und 150 Kilometer pro Tag zurücklegen. Bei einem derartigen Gedränge auf den Radwegen war das ehrgeizige Ziel bestimmt nicht zu erreichen.

Erst hinter Wewer, an der Alme und einer offenbar nur selten befahrenen Eisenbahnlinie entlang, wurde die Strecke idyllisch. Borchen, Alfen, Niedertudorf passierten wir und hatten damit fast schon 20 Kilometer zurückgelegt. Von weitem sichtbar wurde die auf einem Bergsporn liegende Wewelsburg, eine dreieckige, mächtige Burganlage mit einem eindrucksvollen runden Turm von 20 Metern Durchmesser. Ich hatte schon bei der Vorbereitung unserer Reise darauf gedrängt, diesen steinernen Zeugen der deutschen Geschichte zu besichtigten. Die Geschichte der Burg war nicht gerade ein einziges Ruhmesblatt. Die Anfang des 17. Jahrhunderts von einem Paderborner Bischof erbaute Burg wurde im 18. Jahrhundert weitgehend zerstört und in der Zeit des Nationalsozialismus von Heinrich Himmler zur Schule der Waffen-SS umfunktioniert. Wie ich gelesen hatte, war der große Rundturm zum zentralen Kultplatz umgestaltet worden, mit einem Festraum im Obergeschoss und einem Raum für die heldenhafte Totenehrung im Keller. Zwangsarbeiter hatten den Umbau der Burg betreiben müssen, die nunmehr

zum Teil als Jugendherberge und zum Teil als Kreis-
museum genutzt wurde.

„Ich möchte fast annehmen, dass die Wewelsburg
ein beliebter Anlaufpunkt von rechten Jugendlichen
ist", keuchte ich, als ich das Fahrrad steil bergauf
über das Kopfsteinpflaster zur Burg schob. „Da wird
wohl so manches Treffen in der Jugendherberge bestimmt nicht so harmlos ablaufen, wie es den Anschein hat", behauptete ich ungeprüft.

Hingegen konnte ich mir gut vorstellen, dass diese
Wewelsburg den Nachwuchsrechten als Kultstätte
dienen konnte.


Offensichtlich war die Jugendherberge tatsächlich
ein bekannter Treffpunkt. Auf dem Parkplatz und
dem gepflasterten Weg in die Burg hinein standen
viele Autos, wobei mir auffiel, dass etliche Vehikel
mit Aachener, Dürener und Heinsberger Kennzeichen versehen waren.

„Die Grenzländer machen hier bestimmt eine Famili-
enversammlung", unkte ich.

„Das sind alles deine Rechten", grumelte Dieter. „Du
leidest unter Verfolgungswahn und vermutest hinter
jedem Stein ein illegales Verhalten." Er deutete hä-
misch auf die Polizeiwagen und einen Rettungswa-
gen, die vor dem Eingang zum Burghof geparkt waren. „Siehste, deine Freunde und Helfer sind auch
schon da.«

Die Welt war wirklich klein. Wir hatten noch nicht einmal unsere Fahrräder an einer Mauer angelehnt, als auch schon der Kommissar aus Paderborn auf uns zukam, der gegen Franz Schlingenhagen ermittelte.

Dietrich begrüßte uns mit einem gequälten Lächeln. „Schöner Mist", berichtete er uns unaufgefordert, „hier hat's heute Nacht einen Toten gegeben. Ein junger Mann ist aus der obersten Etage des Herbergstrakts mit dem Kopf voraus aufs Gestein in den Burggraben gestürzt."

Ich wunderte mich, warum der Polizist uns so bereitwillig in Szene setzte. „Fremdverschulden oder Unfall?", fragte ich ihn, während ich ihm die Hand schüttelte.

„Wir wissen es nicht, wir wissen nur, dass der junge Mann betrunken war. Ob er im Suff gefallen ist oder ob er im Suff gestoßen wurde, müssen wir noch prüfen." Der Kommissar betrachtete nachdenklich die steil aufragenden Mauern der Burg. „Mir gibt nur eines zu denken: Der Tote ist der Bruder von Roswitha Thiele", sagte er fast beiläufig, „gerade einmal 21 ist der Bursche geworden."

Sofort begann es in meinem Kopf zu arbeiten. „Stand der Bruder in Verbindung zu Schlingenhagen? Kannten sie sich?", fragte ich interessiert.

„Das sind einige der Fragen, die ich mir auch stelle, seufzte der Kommissar.

Er lud uns ein ihn in die Burg und auf den Turm zu begleiten; eine bessere Aussicht auf das Paderborner Land und auf den Fundort der Leiche gebe es nicht.

Stumm stapften Dieter und ich hinter Dietrich über die Rundtreppe hinauf, kamen schließlich im Obergeschoss der Burg in den ehemaligen Festraum, der nunmehr eine runde Turnhalle war. Eine breite Zugtreppe führte aufs Dach.

„Auf den Turm kommt so schnell niemand hinauf", sagte der Kommissar. „Er bleibt in der Regel unzugänglich. Da haben Sie verdammt viel Glück."

Der Ausblick über das Paderborner Land war wirklich überwältigend. Das klare Wetter erlaubte uns eine weite Sicht über die Hochebene bis hin zu den Hügeln des Teutoburger Waldes. Es gab viele Felder und Wiesen, aber auch viel Wald zwischen den Dörfern, die malerisch verteilt in der Landschaft lagen. Ebenso konnte ich in nicht allzu großer Entfernung den Flughafen Paderborn/Lippstadt erkennen. Dorthin wollte ich bei unserer Weiterfahrt unbedingt einen Abstecher machen.

Vorsichtig lehnte ich mich über die dicke, gemauerte Abgrenzung. Mir stockte der Atem beim Blick in die Tiefe. Der Blick in die Ferne war eindrucksvoll, aber derjenige direkt hinab auf Büsche und Felsen schwindelerregend.

Schnell trat ich einen Schritt zurück und schaute nach Dieter und dem Kommissar, die bereits auf die andere Seite des Turms gegangen waren. Sie blickten ebenfalls hinab und ich sah, wie der Kommissar nach unten deutete.

„Das ist der Fundort", hörte ich ihn sagen, „da unten ist das Opfer aufgeprallt. Wahrscheinlich ist der junge Mann aus einem Zimmerfenster der Jugendherberge gefallen."

Wenn wir wollten, könnten wir ihn begleiten bei einem Gespräch mit den Herbergsgästen, die die Nacht auf der Wewelsburg verbracht hatten, bot Dietrich uns an. Bislang hätte er nur steinerne Zeugen, eben die mächtigen Burgmauern. Die würden aber leider nicht reden, meinte er mit einem bedauernden Lächeln.

Wir verzichteten dankend. Dieter und mir stand der Sinn mehr nach einer Tasse Kaffee oder einem Mineralwasser, sagten wir ihm. Er könne uns gerne über das Ergebnis seines Gesprächs informieren, wenn er uns das Ergebnis der Untersuchung von Schlingenhagen mitteilte, schlug ich Dietrich vor, während wir in den Burgturm zurück stiegen.

Der Kommissar schien unsere Ablehnung zu bedauern, sagte aber nichts, als wir uns vor der offen stehenden Tür zu einem Versammlungsraum von ihm verabschiedeten.

Der große Raum war voller Jugendlicher oder junger Erwachsener beiderlei Geschlechts, die entweder betont gelangweilt herumlungerten oder sich ausgesprochen aggressiv gebärdeten, als ich sie betrachtete. Das waren die großkotzigen Typen und Möchtegernmachos, denen ich am liebsten auf der Straße begegnete; bestimmt wieder einige von der Sorte „Wenig Hirn, aber große Klappe".

„Das ist eine Gruppe aus dem Großraum Aachen, die sich gestern auf der Wewelsburg mit Freunden aus Paderborn zu einem Saufgelage verabredet haben", klärte uns der Kommissar auf.

„Passt doch", kommentierte ich trocken, „erst saufen, dann bumsen, dann krepieren."

„Ich vermute, so ist es gewesen", bestätigte Dietrich.

„Wissen Sie, was das Schlimmste ist?", fragte er mit melancholischer Stimme und gab selbst die Antwort: „Ich muss gleich den Eltern Thiele sagen, dass sie ihr zweites Kind verloren haben." Er ging nach einem kurzen Abschiedsgruß in den Versammlungsraum und schloss die Tür hinter sich.

„Glaubst du etwa an einen Zusammenhang zwischen dem Mord an Roswitha Thiele, dem Selbstmord ihres Freundes Franz Schlingenhagen und dem Ableben ihres Bruders?", fragte Dieter, nachdem wir nach langer Zeit endlich in einem Café bedient wurden.

Üblicherweise erwarteten die Cafés im Schatten der Wewelsburg offenbar ihre Gäste erst nach dem Kirchgang und der war noch nicht beendet.

Ich wusste keine Antwort und reagiert mit einer Gegenfrage. „Glaubst du etwa an einen Zufall?"

„Vielleicht." Dieter lächelte grimmig. „Ich glaube, wir nennen es eine unglückliche Verkettung von nicht vorhersehbaren Ereignissen. Der Mord an dem Mädchen und der Selbstmord des vermeintlichen Mörders ergeben für sich betrachtet einen Sinn, wenn wir einmal unterstellen, dass tatsächlich Schlingenhagen der Mörder ist. Auch ist es durchaus im Rahmen des Erklärbaren, dass ein Volltrunkener nach einem Saufgelage aus dem Fenster stürzt. Das kommt immer wieder vor. Und ich würde es als Ironie des Schicksals bezeichnen, dass der Volltrunkene ausgerechnet der Bruder des ermordeten Mädchens ist. Vielleicht hat er sich ja aus Trauerschmerz voll laufen lassen." Dieter griff zu seinem Kaffee und trank. „Das scheint mir noch die plausibelste Lösung. Oder?"

Mir fiel keine vernünftige Erwiderung auf diese oberflächliche Folgerung ein. Ich stand auf und wollte gehen.

„Du zahlst", sagte ich bloß.

Ich hatte schon einen Blick auf die Radwanderkarte geworfen, als Dieter endlich nachkam. Der Weg zum Flughafen war zwar nicht weit, aber nicht gerade eben. Wir hechelten nach Luft, als wir nach einer Schussfahrt von der Wewelsburg und durch den Ort ins Flusstal der Alme auf der anderen Seite wieder bergauf mussten. Ich wollte nur hoffen, dass diese Steigung eine der letzten war.

Unsere Urlaubsfahrt fing wirklich nicht besonders gut an. Nicht nur Tote, sondern auch steile Berge säumten unseren Weg. Da war an erholsame Ferien nur noch bedingt zu denken.

Auf dem Flugplatz war das anders. Da dachte offenbar jeder an Ferien. Die Urlaubsreisenden tummelten sich scharenweise in dem modernen, zweckmäßigen Flughafengebäude.

„Anders als dein Maastricht-Aachen-Airport", bemerkte ich zu Dieter. „Im Vergleich zu diesem Regionalflughafen ist der MAA die letzte Provinzklitsche."

Aufmerksam hatte ich mir die Flugpläne sowie die Schalter der verschiedenen Fluggesellschaften und Reisebüros angesehen.

„Wir können ja mal fragen, wann der nächste Flieger nach Aachen geht", schlug ich Dieter trocken vor und trat an den Eurowings-Schalter.

„Wie komme ich am besten von hier nach Aachen?", fragte ich allen Ernstes die lächelnde Mitarbeiterin und beobachtete aus dem Augenwinkel, wie sich mein Chef brüsk abdrehte, als wolle er mit mir nichts zu tun haben.

Die junge Frau sah mich für einen Augenblick skeptisch an, dann rief sie laut in den Raum: „Ike, kennst die du schnellste Verbindung nach Aachen."

Ihre Kollegin Ike kannte sich offensichtlich aus im bundesdeutschen Luftraum. „Da musst du eine Maschine chartern", antwortete sie laut. „Nach Merzbrück oder nach Maastricht?", rief sie fragend aus einem hinteren Raum zurück, und die junge Frau gab die Frage an mich weiter.

Ich winkte dankend ab und erklärte, ich würde doch lieber den Zug nehmen.

„Du bist unmöglich", zischte Dieter, als wir vom vollen Restaurant auf die Start- und Landebahn schauten. Gerade im Moment war eine moderne Boeing der Air Berlin aus Mallorca eingeflogen. „Benimm' dich doch endlich einmal wie ein erwachsener Mann.«

Ich grinste ihn nachsichtig an und griff zu meinem Mineralwasser. „Merkst du denn nicht, dass ich mitten in der Recherche zur Aufdeckung eines Mordes bin, mein Freund?"

# Reise an die Nordsee

Offenbar hatte ich mit meiner Bemerkung Dieter eine Nuss zu knacken gegeben, die für ihn zu hart war. Jedenfalls schwieg er unentwegt, während wir in Ahden zurück auf die Kaiser-Route fuhren und unser nächstes Etappenziel Büren ins Visier nahmen. In der Almeniederung ließ es sich gut und schnell radeln, am gegenüberliegenden Ufer erblickten wir bald den Hahnenberg, auf dem schon in karolingischer Zeit eine gigantische Burganlage errichtet worden war. Nicht minder eindrucksvoll war das Jesuitenkolleg, das das Ortsbild von Büren prägte.

„Nicht schlecht, Herr Specht", kommentierte ich, als wir in einem Restaurant in der Altstadt einkehrten. „Geschichte en masse und Natur pur findest du auch nicht überall und alle Tage."

Wie ein Blick auf den Tachometer verriet, hatten wir gerade einmal vierzig Kilometer zurückgelegt. „Wenn wir so weiter machen, kommen wir Heiligabend am Aachener Rathaus an", sagte ich, doch Dieter nahm meine heitere Bemerkung anscheinend nicht zur Kenntnis.

„Was meinst du mit deiner Recherche zur Aufdeckung eines Mordes?", fragte er stattdessen.

„Tust du so dumm oder bist du so dumm?", fragte ich schmunzelnd zurück. Aber ich beruhigte Dieter sofort, als ich merkte, dass er ärgerlich werden wollte. „Ich sammele Indizien, Stück für Stück, von denen ich nicht weiß, ob sie Franz Schlingenhagen entlasten oder ihn überführen." Ich betrachtete die Fachwerkhäuser auf der anderen Straßenseite.

„Weißt du noch, wohin Roswitha Thiele in Urlaub fahren wollte?", fragte ich mit übertrieben gelangweilter Stimme.

„Nach Belgien an die Nordsee."

„Und von Belgien nach Holland ist es nur einen Katzensprung. Richtig?"

Dieter pflichtete mir bei. „Richtig."

„Was macht aber eine junge Frau aus dem tiefsten Westfalen an der belgisch-niederländischen Nordseeküste, wenn sie schneller an der deutschen Küste wäre? Sie fährt bestimmt nicht wegen des schönen Strandes so weit." Ich sah Dieter fragend an und fuhr nach einer kurzen Pause fort: „Wer schwanger ist und jung und das Kind nicht haben will, kann in Deutschland unmöglich ohne beträchtliches Aufsehen abtreiben lassen. Wenn's schnell gehen und verborgen bleiben soll, da muss die Mutter schon ins Ausland fahren."

Dieter unterbrach mich, er durchschaute offensichtlich meine Gedankengänge. „Franz Schlingenhagen kommt aus Aachen, dürfte sich daher in der Ecke bestens auskennen. Da liegt es fast auf der Hand, dass die beiden zu einer Abtreibung fahren wollten.

Warum hat er aber, unterstellt, deine Vermutung trifft zu, Roswitha getötet? Das gibt doch keinen Sinn", setzte er die Überlegung fort.

„Stimmt", bestätigte ich. „Daraus könnte ich schließen, dass Schlingenhagen das Mädchen nicht getötet hat."

Dieter verschluckte sich beinahe an seinem Mineralwasser und sah mich verblüfft an. „Dann muss ein anderer der Mörder sein?"

„Stimmt", wiederholte ich mich. „Es sei denn, Roswitha Thiele hat ihre Meinung geändert, wollte das Kind austragen und hat den Vater Franz Schlingenhagen mit ihrem plötzlichen Sinneswandel überrascht." Ich verzog das Gesicht. „In einer übereilten Torschlusspanik hat der Junge dann seine Freundin erdrosselt."

Dieter sah mich zweifelnd an. „Die Folgerung gefällt mir nicht so sehr wie die erste."

„Mir auch nicht", bekannte ich. „Aber so kann es gewesen sein." Ich reckte mich in dem Stuhl, streckte die Beine aus und gähnte kräftig. „Und dann sind da noch die beiden Zufälle, die so zufällig sind, dass ich sie nicht mehr als Zufälle bezeichnen will."

„Wieso?"

„Ist es nicht ein merkwürdiger Zufall, dass der Bruder von Roswitha wenige Tage nach ihrem Ableben und unmittelbar nach dem mir bislang unerklärlichen Selbstmord von Schlingenhagen stirbt oder sterben

muss?" Ich hatte zwar schon eine Vermutung hin-
sichtlich des Selbstmordes, aber ich wollte sie besser
noch für mich behalten. Darauf würde ich eventuell
später zurückkommen. „Und ist es nicht ein weiterer
merkwürdiger Zufall, dass ausgerechnet zu der Zeit,
in der eine junge Frau mit ihrem Freund an die belgi-
sche Nordsee fahren will, eine Gruppe aus dem
Großraum Aachen hier ihre Freizeit verbringt und
sich ausgerechnet an dem Ort aufhält, an dem ihr
Bruder stirbt?"
„Nun mach aber mal halblang", entgegnete Dieter
entschieden. „Jetzt geht deine Fantasie aber ganz gewaltig mit dir durch, wenn du das Gruppentreffen
mit den Todesfällen in Zusammenhang bringen
willst. Das ist Unfug."
Ich ließ ihn reden. Wahrscheinlich hatte er recht.
Aber ich wollte die angeblichen Zufälle zumindest im
Hinterkopf behalten.


„Was hat das eigentlich mit dem Flughafen zu tun?"
Endlich stellte Dieter die Frage, die ihn wahrscheinlich über die gesamte Fahrt beschäftigt hatte.
Ich grinste ihn frech an. „Nichts, absolut nichts. Hab'
ich das etwa gesagt?"
Mein Freund schnaubte und winkte böse ab. „Mit dir
kann man einfach nicht vernünftig reden." Er griff
nach dem Handy, das er in einer kleinen Ledertasche

am Hosengürtel trug. „Da rede ich lieber mit meiner Frau und meinem Sohn."

Ehe er sich versah, hatte ich ihm das Handy aus der Hand genommen. „Zuerst bin ich dran. Ich brauche die Dienst- oder die Privatnummer des Kommissars aus Paderborn. Er hat sie dir doch gegeben."

Dieter nickte. Er verzichtete darauf, mich nach dem Grund für meine Bitte zu fragen und nannte mir die Zahlen. Zu meiner Freude bekam ich das technische Kleingerät tatsächlich in Gange. Der Mann meldete sich schon nach dem zweiten Klingelzeichen.

Ich wolle von ihm nichts Konkretes über den Todesfall in der Wewelsburg wissen, erklärte ich ihm. „Mir ist daran gelegen, die Namen und Herkunftsorte derjenigen Frauen und Männer zu bekommen, die in der letzten Woche in der Jugendherberge übernachtet haben. Können Sie sie mir besorgen?"

Das dürfte kein Problem sein, bestätigte der Kommissar mir. Er würde sich sofort darum kümmern und mir eine Liste zukommen lassen, wenn ich ihm einen Grund für mein Interesse nennen könnte.

„Vielleicht entdecken mein Kollege und ich jemanden, der schon einmal in unserer Ecke unangenehm aufgefallen ist. Das könnte dann auch für Ihre Ermittlungen von Vorteil sein."

Der Kommissar lachte auf. „Sie sind gut, Herr Grundler", sagte er vergnügt, „unsere Ermittlungen laufen auf einen Unglücksfall hinaus. Ich warte nur noch das

Obduktionsergebnis ab, um mich endgültig festzulegen." Unvermittelt änderte er die Tonlage. „Ich muss jetzt den Eltern
kondolieren. Sie wohnen fast in meiner Nachbarschaft", sagte er betroffen. Schnell beendete er das Gespräch mit der nochmaligen Zusage, uns sofort über alle Ergebnisse seiner Arbeit zu informieren.
Zufrieden gab ich das Handy an Dieter zurück. „Nach der Pflicht kommt die Kür." Es sei wie bei uns in der Kanzlei, stöhnte ich. „Ich mache die Arbeit und du lebst nur für das Vergnügen."
Aber ich konnte meinen Freund mit dieser Bemerkung nicht schocken. Er lächelte milde, als er die Rufnummer von Do anwählte und auf die Verbindung wartete.
Es sei alles bestens, versicherte Dieter ihr. „Nur Tobias nörgelt am laufenden Band über alles herum", lästerte er.
Wir würden uns beeilen und er würde sich freuen, sie und Tobi bald wieder in die Arme schließen zu können. Wann das sei, könne er leider nicht sagen. „Das hängt ganz von Tobias ab und seinen lahmen Knochen. Der kommt einfach nicht in die Gänge", behauptete Dieter dreist.

Diese Fehleinschätzung meiner sportlichen Fähigkeiten würde mein vorlauter Chef bereuen, nahm ich mir vor. Ich konnte nicht schnell genug aufs Rad kommen und trat kräftig in die Pedale.

Fröhlich pfeifend folgte Dieter mir, als wir in Siddinghausen das Tal der Alme verließen und über einen, zum großen Teil bewaldeten, kleinen Bergrücken an einem ehemaligen Römerlager vorbei ins Möhnetal wechselten. Auf eine Besichtigung von Rüthen mit seinen prächtigen Ackerbürgerhäusern verzichtete ich. Ich kannte das ruhige, sehenswerte Landstädtchen, anders als Dieter, dem ich dieses Kleinod vorenthielt. Ich würde radeln, bis er von sich aus klein beigab und auf Knien darum bettelte, endlich eine Nachtpause einzulegen. Das hatte ich mir vorgenommen. Wir flogen geradezu durch das idyllische Belecke, hatten keinen Blick für die Reste der Burg der Herren von Mülheim in Sichtigvor und düsten an Allagen und Völlinghausen vorbei zum Möhnesee.

Es wurde schon Abend, als wir in Körbecke, dem touristischen Hauptort an dem großen Stausee, ankamen. Wir hatten inzwischen nach meinem Fahrradtachometer annähernd 75 Kilometer zurückgelegt.

„Tobias, sei nicht so kindisch", schnaufte Dieter endlich zu meiner Zufriedenheit. „Lass' uns für heute Schluss machen." Er deutete auf ein ansprechendes Restaurant mit Pensionsbetrieb. „Wenn du deinen Charme spielen lässt, bekommen wir bestimmt für die Nacht ein Zimmer."

Ich verzog meinen Mund. Das war wieder typisch für Schulz. Wenn es brenzlig wurde, kehrte er den Chef raus und ließ seinen Handlanger die Drecksarbeit machen. Er war nur zu feige, selbst die Bitte nach einer einmaligen Übernachtungsmöglichkeit zu äußern.

Die Quartierfrage war kein Problem und während ich unsere Fahrräder in einem Kellerraum absicherte, sprang mein Brötchengeber in unserem Doppelzimmer schon unter die Dusche. So bekam er nicht mit, dass sich sein Handy wieder bemerkbar machte. Eigenmächtig meldete ich mich und nahm das Gespräch entgegen.

Anschließend hatte ich ein Problem mehr, wie ich mir sagen musste. Mit hinter dem Kopf verschränkten Händen legte ich mich lang ausgestreckt aufs Bett, mit großen Augen starrte ich die weiße Zimmerdecke an. Leise pfiff ich eine meiner Lieblingsmelodien vor mich hin.

„Was gibt's, mein Freund?" Dieter spürte sofort, dass etwas nicht stimmte, als er aus dem Badezimmer trat.

Ich sah ihn müde an. „Unser neuer Freund aus Paderborn, der Kommissar, hat gerade angerufen. Er hat wahrscheinlich die Drahtschlinge gefunden, mit der Roswitha Thiele erdrosselt worden ist."

„Wo?"

„In ihrem Elternhaus, im Zimmer ihres Bruders. Die Schlinge hat in einer Schreibtischschublade gelegen." Ich erhob mich ächzend und kleidete mich langsam aus. „Dietrich wollte den Eltern die Todesbotschaft überbringen und hat bei dieser Gelegenheit darum gebeten, sich einmal die Zimmer der beiden Kinder ansehen zu dürfen. Wohl in der Hoffnung, eventuelle Hinweise auf den Tod zu finden", berichtete ich. „Dabei ist er auf die Drahtschlinge gestoßen. Wie sie dort hingekommen ist, wissen die Eltern anscheinend nicht."

Dieter pustete durch und fuhr sich mit den Händen durch das nasse Haar. „Soll das etwa bedeuten, dass Roswitha von ihrem Bruder umgebracht worden ist?"

„Ich weiß es nicht", stöhnte ich. „Ich weiß bald gar nichts mehr." Ich wollte nur noch unter die Dusche, danach einen Salatteller essen und viel dabei trinken und anschließend auf mehreren Notizzettel die vielen Fakten und Zufälle aufschreiben, mit denen wir zugeschüttet worden waren.

„Warum mache ich das eigentlich?", fragte ich Dieter, als wir im Bett lagen.

„Weil du das Verbrechen anziehst und weil du Ungerechtigkeit nicht leiden kannst, Tobias", antwortete mein Freund gelassen. „Und weil du glauben willst, dass Franz Schlingenhagen kein Mörder ist, wobei noch erschwerend hinzukommt, dass Schlingenhagen senior unser Mandant ist, dessen letzten Auftrag wir leider nicht erfüllen konnten."

## Goldkettchen und Stacheldraht

Für den Möhnesee hatte der überhebliche Schnösel Schulz nur ein verächtliches Naserümpfen übrig, als wir am nächsten Morgen mit dem ständigen Blick zum Wasser gen Westen radelten. „Das ist doch gar nichts", meinte er abfällig in seinem Vergleich des Gewässers mit dem Rursee vor seiner Aachener Haustür.

Ich schwieg zu dieser unsachlichen Aussage, konzentrierte mich lieber auf die Suche nach den Symbolen der Kaiser-Route, die uns vom See weg von Günne nach Nierderemse und nach Oberemse führte. Vor Bremen entschied ich mich für die nördliche Route. Auf der Höhe des Haarstranges hielt ich an und genoss den prächtigen Ausblick in die Weite der Hellwegbörde und auf die Stadt Werl.

„Da ist etwas mehr los als in deiner Kaiserstadt", stichelte ich und deutete mit dem Finger auf die Kulisse am Horizont. »Die Stadt gehört mit rund einer viertel

Million Pilgern zu den zehn größten Marienwallfahrtsstätten der Welt. Ob dein Kaiser auch da war bei seinem Feldzug gegen die bösen Sachsen?"

„Na und? Keine Ahnung", kommentierte Dieter lediglich und radelte unverdrossen weiter.

Durch einen Wald näherten wir uns Wickede, wo wir auf die Ruhr stießen. Das nächste größere Etappenziel setzte bei Dieter offenbar Sprinterqualitäten frei. Jedenfalls versuchte er bei der Tour durch das Ruhrtal mit Höchstgeschwindigkeit vorwärtszukommen, um erst in Fröndenberg abrupt abzubremsen.

„Du wandelst wohl auf den Spuren von Erik Zabel?", fragte ich Schulz verwundert, als wir in einem Hotel an der Ruhrbrücke eine Kaffeepause einlegten. Fröndenberg ist immerhin der Wohnort des deutschen Radprofis, der bei der Tour de France schon so manche Etappe im Spurt gewonnen hatte.

Dieter grinste mich an. „Einer von uns beiden muss doch aufs Tempo drücken. Mit deinem Schneckentempo und bei deinen ständigen Landschaftsbetrachtungen kommen wir nicht vorwärts."

Ich kam nichts dazu, auf die dumme Bemerkung zu reagieren. Zwei Männer, die ins Hotel getreten waren, zogen meine Aufmerksamkeit auf sich. Die Typen waren unterschiedlicher, wie sie nur sein konnten. Einem strahlenden Jüngling mit schulterlangen, schwarzen Haaren, der dauergebräunten Lederhaut, dem weit geöffneten Hemd, aus dem das üppige, dunkle Brusthaar quoll, und den schon unvermeidlichen Goldkettchen um Hals und Handgelenk, folgte ein schmuddeliger, etwa gleichaltriger Mann mit einer ausgewaschenen blauen Jeans, einem dreckigen, grünen Polohemd über dem dicken Bauch, und zotteligen, braunen Haaren. Ohne seiner Umgebung die angemessene Aufmerksamkeit zu schenken, stolzierte der selbstherrliche Gockel durch den Raum, während sich sein ungepflegter Begleiter nervös umschaute.

Nur kurz trafen sich unsere Blicke, was mich für einen Moment stutzen ließ. Dann wischte ich den ersten Eindruck beiseite und flüsterte Dieter zu: „Das Goldkettchen und der Zottelbär, die passen haargenau in ein Klischee, die sehen aus wie ein Zuhälter und sein Kofferträger."

„Du hast Sorgen", antwortete mein Freund gelangweilt. Er machte sich noch nicht einmal die Mühe, sich meiner Beobachtung zu vergewissern. „Meinst du etwa, du siehst besser aus?"

Nach einem flüchtigen Blick auf die Uhr stand Dieter auf. „Wir müssen weiter", sagte er und fügte überflüssigerweise hinzu: „Du bezahlst."

Meine Verärgerung über diesen Befehl verzog sich sofort, als eine hübsche, junge Bedienung mit einem strahlenden Lächeln an den Tisch trat, um zu kassieren.

Leider, so bedauerte ich mit meinem charmantesten Gesichtsausdruck, sei es mir nicht möglich, länger in diesem schönen Städtchen und in ihrer Nähe zu bleiben. Mein Chef dränge zum Aufbruch. Ob sie schon einmal etwas von der Kaiser-Route gehört habe, fragte ich das schöne Wesen, als ich ihr einen Geldschein gab. „Mein Chef will mit dem Fahrrad die Strecke abfahren, die sein Kaiser zu Pferde vor mehr als 1000 Jahren in umgekehrter Richtung zurückgelegt hat."

Das aufmunternde Lächeln der Bedienung endete auf der Stelle, als ich den kompletten Restbetrag einsteckte und dabei ernsthaft versicherte, ich brauche das Geld fürs Spielkasino in Dortmund.

Kommentarlos wandte sich die junge Frau schnell von mir ab und dem winkenden Zuhälter zu.

Fast immer mit Blick auf die Ruhr, die mich allein schon wegen des Namens heimatliche Nähe spüren ließ, radelten Dieter und ich über Dellwig und Altendorf weiter. Meistens schweigend nebeneinander spulten wir unsere Kilometer ab. Wir waren schon mehr als 100 Kilometer vom Ausgangspunkt entfernt, und wollten, so hatten wir es in einem unserer seltenen Wortwechsel ausgemacht, heute so weit wie möglich vorwärts kommen. Selbst das Glücksspiel konnte uns nicht reizen. Warum sollten wir auch im Spielkasino Hohensyburg unser Glück versuchen, wenn wir es schon in unserem Aachener nicht machten?

Am Zusammenfluss von Ruhr und Lenne hatte man auf einem Berg eine Burg gelegt. Fast auf der Grenze des Gebiets zwischen Franken und Sachsen hatten die Sachsen das Bollwerk errichtet, aber keinerlei Chance gehabt, als Karl der Große 775 Ernst machte und die Burg einnahm. Viel war von dem damals wohl gewaltigen Bau nicht mehr übrig geblieben, wie Dieter und ich feststellten, nachdem wir den Berg hinaufgekeucht waren. Die später errichteten Bauten der Hohensyburg nahmen sich ziemlich bescheiden dagegen aus, und das Kasino zwischen ehemaliger Vor- und Hauptburg war auch nicht dazu angetan, den Glanz alter Ritterburgen aufkommen zu lassen.

Ich empfand die Hohensyburg als ziemliche Enttäuschung. „Das einzig Positive daran ist, dass wir wieder auf heimischem Boden sind", tröstete ich Dieter, der mich nicht verstand. „Hier hat das Reich deines Urahns Karl einmal geendet, bevor er auf die Idee kam, seinen Einflussbereich in östlicher Richtung auszudehnen", klärte ich meinen unwissenden Freund auf.

Ich deutete auf die schmale Straße bergab. „Jetzt können wir es bis ins Ruhrtal sausen lassen", frohlockte ich und wich einem Auto aus, das relativ schnell den Berg hinaufgeschossen kam.

Ich verfluchte die getönte Windschutzscheibe, hinter der sich der Fahrer so gut verstecken konnte, ich hätte ihm sonst ins Gesicht geschrien, dass er ein Blödmann sei. So grollte ich nur und tippte mit dem Finger gegen die Stirn.

Es machte die Sache nicht besser, dass der Schumacherverschnitt seinen dreckigen Sportwagen mit einem Paderborner Nummernschild verziert hatte.

„Fahr' endlich los", brummte Dieter, „es ist ja nichts passiert."


Kräftig trat ich in die Pedale und holte Schwung, um mit hoher Geschwindigkeit vorwärts zu kommen. Die Geschwindigkeitsanzeige sprang schon bald auf über 40 Stundenkilometer, nicht gerade wenig mit unseren stabilen Tourenrädern und den Rucksäcken auf den Schultern.

Womit ich nicht gerechnet hatte, das waren die Serpentinen. Da musste ich schon ganz gewaltig in die Bremsen steigen, um die erste Haarnadelkurve noch zu meistern, bei der zweiten ließ ich es von vornherein langsamer angehen.

Behutsam bog ich ums unübersichtliche Rund und wollte wieder in die Pedale treten, als ich im letzten

Moment den Stacheldraht erkannte, der wenige Meter vor mir knapp über Lenkerhöhe stramm über die Straße gespannt war.

„Achtung", schrie ich Dieter zu, „bleib' stehen!" Ich riss den Lenker herum, ließ mich gegen den Berg fallen und stieß das Fahrrad beiseite. Ich landete auf dem Rücken und rutschte auf meinem Rucksack unter dem Draht hindurch.

Ich lag noch benommen auf dem Boden, als sich Dieter besorgt über mich beugte.

„Nichts passiert", sagte ich mit scheinbarer Ruhe. Ich gab mich gelassen, doch innerlich bebte ich. Das war kein Zufall gewesen. „Da hat uns einer platt machen wollen", schimpfte ich. Langsam spürte ich das Pochen meines Herzens und das schnelle Atmen.

Dieter nickte. Er reichte mir die Hand und half mir auf die Beine. „Wollte der uns platt machen oder einen x-beliebigen, der gerade zufällig den Berg herunterkam?", fragte er nachdenklich.

Mit weichen Knien stolperte ich zu einem Baum, um den ein Ende des Drahtes gebunden war. Ich dröselte es auf und wickelte den Draht auf einen stabilen Ast.

„Das kann doch nur der Affenarsch in dem Sportwagen mit dem Paderborner Kennzeichen gewesen sein", behauptete ich, als ich das stachelige Material neben dem Straßenrand ins Gras legte, wo es niemandem schaden konnte.

Dieter zuckte mit den Schultern. „Kann sein, muss aber nicht. Und wenn er es war, kriegen wir ihn nicht mehr. Der ist längst über alle Berge." Er hatte sich ebenso wenig wie ich das Nummernschild eingeprägt.

Mein Freund inspizierte mein Fahrrad und kam zu dem Ergebnis, dass es noch fahrtauglich war. „Fahr' langsam bis zum nächsten Dorf, dort lassen wir es durchchecken", schlug er mir kameradschaftlich vor. Mit immer noch zittrigen Händen und schlackernden Beinen kletterte ich mühsam auf den Sattel und rollte los. Tatsächlich, so fühlte ich beim Fahren, hatte das Fahrrad nichts abbekommen bei meinem freiwilligen, wenn auch erzwungenen Abstieg. Trotzdem traute ich mich nicht, ein höheres Tempo einzuschlagen.


Gemächlich rollten Dieter und ich ins Tal und fuhren am Ufer der aufgestauten Seen entlang über Herdecke bis nach Wetter. Wir hatten heute gerade einmal 70 Kilometer zurückgelegt, aber ich hatte genug. Ich wollte nicht mehr und fand für meine Unlust Verständnis bei meinem Freund.

Eigentlich hatten wir nach unserer Planung bis zum Baldeneysee und dort nach Möglichkeit bis zum Fahrradmuseum nach Werden kommen wollen, aber diese weiteren 50 Kilometer wollte ich mir heute nicht mehr zumuten.

„Ich bin nicht konzentriert bei der Sache", sagte ich zu Dieter. „Nach meiner Auffassung wollte uns einer an den Kragen und das macht mir gewaltig zu schaffen." Die Erinnerung an den perfiden Versuch vor wenigen Jahren, mich mit Marcumar-Tabletten aus dem Weg zu räumen, wurde wieder wach. „Ich glaube, wir stehen jemandem gewaltig im Weg oder auf den Füßen."

Mein Freund schwieg dazu. Er suchte zunächst nach einem Hotel, in dem wir uns einquartierten, dann sorgte er dafür, dass mein Fahrrad von einem Zweiradmechaniker gewartet wurde.

Ich hatte mich in der Zwischenzeit auf unser Zimmer verzogen und dachte nach.

Dieter weckte mich am frühen Abend. „Zu Hause ist alles in Ordnung", sagte er. „Ich habe mit Sabine gesprochen, aber ihr natürlich nichts von dem Zwischenfall gesagt. Das war doch in Ordnung, oder?"

„Selbstverständlich", gab ich zur Antwort, als ich mich ächzend erhob. Das unbehagliche Gefühl hatte ich immer noch in mir. Ich wollte mir nicht vorstellen, wie ich ausgesehen hätte, wenn ich mit dem Gesicht im Stacheldraht hängen geblieben wäre oder er sich fest um meinen Kopf gewickelt hätte.

Das war einer der Tage, da wollte ich am liebsten abends ein Bier trinken, um dann mit der genügenden Bettschwere in der Nacht zu versinken. So ein

Glas, das kam alle paar Monate vielleicht einmal vor. Alkohol und Nikotin, danach stand mir nicht der Sinn; die Zeiten der Exzesse lagen längst hinter mir, ich mochte es lieber bescheiden und zurückhaltend. Manchmal ging es aber nicht anders.

„Du bist halt ein richtiger Biedermann, Tobias", bemerkte Dieter grinsend, als wir in einem Restaurant aßen. „Du kannst kein Wässerchen trüben."

Ich wusste, dass er es nicht ernst meinte, aber ich war durchaus damit einverstanden, dass viele unserer Mandanten, vor allem aber die Möchtegerne und Wichtigtuer glaubten, ich sei harmlos und vorsichtig von der Haarspitze bis zum kleinen Zeh. Ich konnte gut damit leben und freute mich jedes Mal spitzbübisch, wenn mir wieder einmal ein Tollpatsch auf den Leim gegangen war. Aber diesmal stand ich mit meinem Leimeimer allein herum. Da gab es offenbar niemanden, den ich mir schnappen konnte.

„Meinst du, das Arschloch wird es noch einmal versuchen, uns auszuschalten. Und wenn, warum?"

„Keine Ahnung", bekannte Dieter freimütig. „Ich weiß nicht einmal, aus welcher Motivation heraus uns jemand ans Fell will."

Wer wusste, wo wir waren? Wer wusste, was wir taten? Wem passte es nicht, dass wir das taten, was wir taten?

„Oder von dem er annimmt, dass wir es tun?", setzte Dieter meine Gedanken fort. Er nahm die Zettel in die Hand, auf der ich meine Notizen gekritzelt hatte. „Schlingenhagen" stand da, „Roswitha, Bruder, Wewelsburg, Drahtschlinge, Stacheldraht."

„Kann ich beim besten Willen nicht viel mit anfangen", bekannte mein Freund ehrlich.

Ich lächelte. „Mit viel Phantasie kannst du daraus die tollsten Geschichten machen. Aber ich will keine Geschichten erfinden, ich will die Wahrheit herausbekommen." Ich stopfte die Zettel in meine Hosentasche. „Ich sammele weiter. Vielleicht löst sich ja alles in Nichts auf, vielleicht sind wir aber auch einer ganz gewaltigen Sauerei auf der Spur." Ich nahm einen Schluck aus meinem Wasserglas. „Bestimmt findet die Geschichte ein Ende, wenn wir in Aachen angelangt sind und unser Urlaub beendet ist."

Mein langes Gähnen steckte Dieter an. Auch er schlug vor, frühzeitig zu Bett zu gehen, damit wir am nächsten Morgen fit genug waren, um die Kilometer aufzuholen, die wir heute vernachlässigt hatten.

Wir lagen schon unter den Decken, als Dieters Handy lärmend auf sich aufmerksam machte. Vorsichtig meldete sich mein Freund, um dann einen lockeren Tonfall einzuschlagen. Ich beobachtete ihn, wie er im Verlaufe des Gesprächs immer konzentrierter wurde, nur noch zuhörte und schließlich mit der Zusicherung auflegte, er werde morgen im Laufe des

Nachmittags während der Dienstzeit zurückrufen. Auf einem Zettel notierte er eine Rufnummer.

„Tobias, in welchen Schlamassel sind wir da nur hineingeraten?", fragte er mich sinnierend. Verständlicherweise konnte er von mir keine Antwort erwarten und so fuhr er fort. „Das war Kommissar Dietrich aus Paderborn. Er hat das Untersuchungsergebnis von Franz Schlingenhagen."

„Und?", fragte ich gespannt. „Was gibt's?"

„Franz Schlingenhagen war nicht der Vater."

„Wie bitte?" Ich musste mich verhört haben, aber offenbar war mein Gehör vollkommen intakt.

„Franz Schlingenhagen war nicht der Vater", wiederholte Dieter laut und deutlich.

„Warum aber hat er dann Roswitha umgebracht?", fragte ich spontan. Oder war er etwa gar nicht der Mörder? Ein wahrscheinliches Motiv war jedenfalls hinfällig geworden. Und warum hat Franz Schlingenhagen Selbstmord begangen, obwohl er vielleicht nicht der Mörder war?

Dieter wollte sich nicht auf eine Diskussion einlassen. „Es kommt noch besser", sagte er vielmehr erregt. „Mit der Drahtschlinge, die bei ihrem Bruder gefunden wurde, ist Roswitha getötet worden, so viel steht fest. Man hat Hautpartikel von ihr an dem Mordinstrument gefunden." Mein Freund schüttelte den Kopf. „Aber Roswithas Bruder war während der errechneten Tatzeit überhaupt nicht im Lande. Er ist nachweislich mit dem Luftshuttle am Tag vor ihrem Tod gemeinsam mit einem Freund von Paderborn nach Mallorca geflogen und erst zwei Tage danach zurückgekommen. Er hatte den Kurzurlaub bei einer Tombola auf einem Schützenfest in einem Dorf mit dem Namen Upsprunge gewonnen. Die Zeugenaussage seines Freundes und die Unterlagen von Air Berlin sind lückenlos. Außerdem ist er auf den Videoaufzeichnungen in den Flughäfen einwandfrei bei Abflug und Ankunft identifiziert worden."

Jetzt passte überhaupt nichts mehr zusammen, ging es mir durch den Kopf. Da wurde ein Priesterseminarist verdächtigt, seine von ihm geschwängerte Freundin mit einer Drahtschlinge ermordet zu haben und begeht Selbstmord. Da findet man das Mordwerkzeug bei ihrem Bruder, der nach einem Sturz von einer Burgmauer gestorben ist und der zur Tatzeit nicht in Deutschland war.

„Blickst du etwa durch", fragte ich Dieter voller Skepsis. „Ich nicht mehr."

Immer noch verzichtete er auf eine Diskussion. „Eine weitere Tatsache hat mir der Kommissar noch mitgeteilt, die auch sehr aufschlussreich sein könnte. Die Eltern von Roswitha glauben, in der Nacht, in der ihre Tochter ermordet wurde, gehört zu haben, dass jemand im Haus oder davor herumgeschlichen ist. Als sie sich bemerkbar machten, ist der Unbekannte abgehauen. Dietrich vermutet jetzt, dass der Einbrecher die Drahtschlinge absichtlich im Zimmer des Jungen deponiert hat."

„Wobei sich dann sofort die Frage stellt, ob der Bruder diesen Unbekannten kannte, was, wenn wir es bejahen, der Grund dafür gewesen sein kann, dass dieser Unbekannte oder jemand aus seinem Dunstkreis den Bruder an der Wewelsburg aus dem Fenster gestoßen hat", folgerte ich. Die Gedanken schwirrten mir nur so durch den Kopf. „Gab es vielleicht Familienstreit bei Thieles oder so etwas ähnliches?", wollte ich wissen.

„Der Kommissar wusste nichts davon", antwortete Dieter. „Aber er will sich darum kümmern. Auch die von dir gewünschte Liste will er morgen fertigstellen. Das hat er mir noch einmal versprochen."

Alle diese Erkenntnisse seien schön und gut, meinte ich nach längerer Überlegung. „Aber kannst du mir verraten, was wir damit zu tun haben oder warum wir deswegen in Stacheldraht eingewickelt werden sollten?"

„Das kann Zufall sein. Vielleicht war der Draht nicht für uns bestimmt und außerdem haben wir insofern etwas damit zu tun, als ich jetzt wissen will, warum Franz Schlingenhagen sich selbst getötet hat. Er hatte doch keinen plausiblen Grund dafür."

Mir gefiel die Situation nicht. Es gab so viele Fragen und so wenige plausible Antworten.

Ehe Dieter und ich uns versahen, verrannten wir uns dann doch noch in eine Diskussion, und es war schon weit nach Mitternacht, bevor wir mit vielen denkbaren Varianten und Kombinationen im Kopf einschliefen. Ich hatte mir weitere Notizzettel gemacht, die mir später vielleicht hilfreich sein konnten. Meine Zettelwirtschaft hatte schon mehrfach zur Lösung kniffliger Fälle beigetragen. Wenn es diesmal wieder ein Verbrechen gegeben haben sollte, würde ich es bestimmt lösen.

Und wenn es kein Verbrechen war, dem ich hinterher jagte, so hatte ich dennoch eine Aufgabe: Ich wollte das Schwein finden, das uns den Weg versperrt hatte.


## Liste ohne Wert


Trotz der nur kurzen Nachtruhe brachen wir am nächsten Morgen frühzeitig auf. Mein Fahrrad stand schon funktionsbereit vor unserem Hotel, als wir gefrühstückt hatten.

„Wie fühlst du dich?", hatte Dieter fürsorglich gefragt und ich konnte ihn beruhigen.

Es sei alles in Ordnung, hatte ich ihm versichert. Schnell Richtung Heimat!, das war die Devise, die ich ausgegeben hatte und die mein Freund uneingeschränkt unterstützte.

„In den Armen unserer Liebsten sind wir halt immer noch am besten aufgehoben", sagte er sinnierend. „Da passiert wenigstens nichts Lebensgefährliches."

Der Gedanke an Sabine machte mich vollends munter. Ich schlug ein sehr hohes Tempo ein, das Dieter bereitwillig mitfuhr. Wir bekamen herzlich wenig von der Ruhr und den Orten, die wir durchfuhren, zu sehen. Wenn wir uns selbst gegenüber ehrlich sein wollten, mussten wir eingestehen, dass wir uns unsere Kaiser-Route anders vorgestellt hatten – nicht, wegen der überraschenden und tragischen Zwischenfälle, sondern vielmehr wegen unserer Art der Durchführung. Offenbar waren Dieter und ich nicht dafür geboren, auf uns allein gestellt ohne unsere Frauen tagelang unterwegs zu sein. So eine mehrtägige Etappenfahrt war doch etwas anders als mehrere ganztägige Touren von Aachen aus in die Region, in die Eifel, ins Hohe Venn, in die Limburgische Schweiz oder in den flacheren Norden. Aber diese Erfahrung mussten wir auch einmal machen, trösteten wir uns.

Immer die Ruhr entlang, an Hermede und Hattingen vorbei, fuhren wir bis Heisingen, wo der Fluss sich zum Baldeneysee vergrößerte. Die rund zwölf Kilometer lange Fahrt um den See schenkten wir uns. Wir setzten über die Ruhrbrücke unseren Weg fort und begannen den wohl anstrengendsten Teil unsere Tour. Durch das Tal des Deilbaches kamen wir noch schnell vorwärts, dann wurde die Strecke in Richtung Neviges doch etwas hügeliger. Unser hohes Stundenmittel konnten wir längst nicht mehr halten. Doch unverdrossen traten wir weiter in die Pedale und atmeten erleichtert auf, als wir den ersten Hinweis auf die Düsselquelle erhielten. Das hörte sich zumindest ein wenig nach Heimat an.

„Noch mickrige 15 Kilometer und wir sind im Neandertal", bemerkte ich zu Dieter, als ich bei einer Rast den detaillierten Wanderführer studierte. Bislang war ich ohne den hilfreichen Spiralblock ausgekommen, die Kaiser-Route war in der Tat ausgezeichnet ausgeschildert.

„Das hat etwas mit dem Streben der Aachener nach Perfektion zu tun", behauptete Dieter. Er hatte sich wohl an von Mallinckroth erinnert.

Mein Konter folgte auf der Stelle: „Die mussten schon zu Karls Zeiten Zeichen an jedem Baum anbringen, sonst hätten sich die Aachener sofort in der Wildnis verirrt. Wahrscheinlich ist auch der Neandertaler in Wirklichkeit ein verwirrter Öcher, der nicht mehr den richtigen Weg nach Hause zur Mutter gefunden hat." Außerdem sei der informative Reiseführer nicht in Aachen entstanden, sondern in einer Bielefelder Verlagsanstalt. „Deine Aachener sind schlicht zu dumm dafür."

Dieter schien zufrieden mit mir. Ich sei schon auf dem besten Wege, wieder der Alte zu werden, meinte er jedenfalls.

Ich kommentierte diese Bemerkung besser nicht, ich blätterte vielmehr in dem Wanderführer, der so viele interessante Hinweise auf die kulturgeschichtlichen Begebenheiten entlang der Strecke enthielt.

Wir spielten kurz mit dem Gedanken, noch an diesem Tag bis nach Hause zu fahren, aber ich riet davon ab. Immerhin hatten wir schon fast 70 Kilometer auf dem Buckel und noch lagen über 140 vor uns.

„Das schaffen wir heute unmöglich", sagte ich.

Die Fahrstrecke war längst nicht mehr so reizvoll wie in Westfalen oder an der Ruhr. Sie führte meistenteils entlang der Felder oder durch Ortschaften. Wir waren erleichtert, als wir hinter Mettmann endlich wieder einmal durch ein längeres Waldstück fahren konnten, bevor wir in Hilden in eine gemütliche Gaststätte einkehrten.

„Jetzt fahren wir auch bis nach Zons durch", schlug ich vor. „Von dort sind es nur noch 120 Kilometer bis Aachen. Morgen Abend liegen wir dann wieder in den eigenen Betten."

Die Vorfreude auf mein Nachtlager in der kleinen Bude am Templergraben war sehr groß, vor allem unter dem Aspekt, dass ich das Lager nicht alleine für mich haben würde.

Dieter stimmte spontan zu und hatte es auf einmal eilig.

„Warum?", fragte ich und er antwortete mit einem Blick auf die Uhr.

„Ich will nicht zu spät in Urdenbach ankommen", sagte er kurz.

Die Eile verstand ich, als wir in Urdenbach am Rhein standen. Gegenüber lag die Feste Zons, zu erreichen nur mittels einer Rheinfähre, die ihren Fahrplan nicht nach uns, sondern nach einem festgelegten Schema ausrichtete.

Wenige Minuten später hätten wir für den heutigen Tag keine Verbindung mehr bekommen. So jedoch genossen wir das Vergnügen, uns von einem Schiff über den Fluss bringen zu lassen, gepaart mit der Schadenfreude, dass sich ein Sportwagen laut hupend und mit quietschenden Reifen am Horizont der Anlegestelle zu spät näherte, als sich die Fähre gerade vom Ufer gelöst hatte und nicht mehr zurück konnte.

Erst als wir in der Flussmitte waren, erkannte ich das Auto wieder. Es hätte mich beinahe an der Hohensyburg über den Haufen gefahren, der Fahrer hatte obendrein wahrscheinlich versucht, mich mit Stacheldraht einzufangen.

Die Idee, in Zons zu übernachten, war nicht die schlechteste, gab ich Dieter recht. Der Ort war wohl unvergleichlich in seiner Art am Niederrhein. Rechteckig gestaltet, von einer mächtigen Mauer umgeben war die historische Stätte, an deren Südostecke eine prächtige Burg gebaut war. Hier fühlte ich mich tatsächlich ins Mittelalter versetzt, hier wurde die Vorstellung von früherem Leben noch mehr gefördert als etwa in Heimbach, Nideggen oder Monschau, obwohl es auch dort schön war und es viele attraktive Winkel gab. Aber Zons war wirklich einmalig, sagte ich auch zu meinem Freund, als wir uns nach dem Stadtbummel in einem Hotelzimmer frisch machten.

Auf meine Bitte hin wollte Dieter erst nach dem Abendessen den Kommissar aus Paderborn anrufen. „Wer weiß, welche Hiobsbotschaften er jetzt wieder für uns hat. Dann schmeckt uns das Essen nicht mehr", sagte ich in böser Vorahnung.

Dennoch war ich gespannt, was Dietrich uns zu berichten hatte.

Erbaulich war sein Bericht allerdings nicht. Bei der Familie Thiele habe es keinen Familienstreit gegeben, klärte er uns am Telefon auf. Mit seinem Einverständnis hatte Dieter den Außenlautsprecher eingeschaltet, sodass ich das Gespräch mithören konnte. Im Gegenteil, so fuhr er fort, die beiden Geschwister seien nahezu unzertrennlich gewesen. Da hätte stets einer für den anderen die Hand ins Feuer gelegt. Für ihn stünde fest, dass der Bruder nichts mit dem Mord an Roswitha zu tun hätte. Es gäbe inzwischen auch Hinweise, dass der Bruder selbst Opfer eines Mordes geworden sei. In seinem Rücken und an den Schultern seien von den Gerichtsmedizinern Druckspuren festgestellt worden, die nicht vom Sturz stammen könnten. „Es sieht so aus, als habe jemand mit Gewalt nachgeholfen", meinte Dietrich.

„Aber wer dieser Mörder ist, können Sie uns nicht sagen?", fragte Dieter.

„Ich weiß es nicht. Wir haben die Besucher der Wewelsburg vernommen, aber wir haben keine brauchbaren Hinweise bekommen. Sie hätten gefeiert und getrunken und nicht mitbekommen, dass Thiele fehle, so haben sie fast gleichlautend erklärt." Ich bekam mit, wie der Kommissar seufzte. „Außerdem sind die jungen Leute inzwischen alle wieder abgefahren."

Die Namensliste kam mir in den Sinn. Aber bevor ich danach fragen konnte, erwähnte der Kommissar sie. In wenigen Minuten würde er sie uns ins Hotel faxen, versicherte er.

„Ich möchte Sie bitten, mir mitzuteilen, wenn Sie etwas Auffälliges gefunden haben", meinte Dietrich zum Abschied. Er schien enttäuscht. „Ich glaube, die Morde an den Geschwistern Thiele werden wir als ungelöst zu den Akten legen müssen. Der Selbstmord des jungen Schlingenhagen wird wohl ebenfalls für immer ein Rätsel bleiben."

Er solle nicht so schnell die Flinte ins Korn werfen, tröstete ihn Dieter. Er lachte gequält. „Immerhin gibt es ja noch meinen Freund Tobias Grundler, der nur dafür lebt, alle Mörder dieser Welt dingfest zu machen."

Am liebsten hätte ich Dieter wegen dieser Bemerkung kräftig gegen sein Schienbein getreten. Aber ich unterließ es, weil ich befürchten musste, bei einer Verletzung noch länger mit ihm zusammen sein und ihn eventuell auch noch pflegen zu müssen.

Ich ging zur Rezeption und wartete dort auf das zugesagte Fax, das tatsächlich bald vom Gerät ausgespuckt wurde. Knapp 30 Namen hatte der Kommissar aufgeführt, die Adressen waren vollständig angegeben. Aus der Region Aachen waren rund 20 Namen verzeichnet. Aus Düren, aus Aachen, aus dem Kreis Heinsberg waren junge Männer und Frauen nach Ostwestfalen in die Jugendherberge auf der Wewelsburg gefahren. Die meisten waren erst am Freitag angekommen und am Sonntag wieder gefahren. Die Namen sagten mir nichts.

„Da muss ich mal unseren Kommissar Böhnke interviewen", schlug ich Dieter vor. Der Kommissar der Aachener Kriminalpolizei war mir noch einen bis mehrere Gefallen schuldig. Ich war davon überzeugt, dass er mir behilflich sein würde.

„Ich kann mir nicht vorstellen, dass wir den Mörder der Schülerin unter diesen Typen finden werden", vermutete Dieter zweiflerisch.

Ich war mir da nicht so sicher war.

Aber Dieter wollte meine Bedenken, die ich nicht begründete und auch nicht begründen konnte, nicht akzeptieren. „Wenn wir jeden einzelnen überprüfen, werden wir feststellen, dass sie fast alle bis Freitagmittag gearbeitet haben und dann nach Westfalen aufgebrochen sind. Was wollen wir wetten?", lockte er mich.

Ich empfand die Wette als müßig. „Wahrscheinlich hast du recht«, sagte ich aus Bequemlichkeit, um meine Ruhe zu haben.

Dieter schaute noch einmal missmutig auf das Fax. „Du kannst sagen, was du willst, aber für mich ist das eine Liste ohne Wert."

## Wehrlos

In aller Herrgottsfrühe, gewissermaßen mit dem ersten Hahnenschrei, sprang Dieter aus den Federn und riss mich aus meinem tiefen Schlaf.

Ich hatte in der Nacht noch lange wach gelegen, während mein Freund schon leise vor sich hin schnarchte, und ich mir meine Gedanken machte. Im

Gegensatz zu Dieter war ich, bestärkt durch meine nächtlichen Überlegungen, keinesfalls der Meinung, dass die Namensliste wertlos war. Ich konnte mir bei verschiedenen Konstruktionen durchaus vorstellen, dass sie uns nützlich sein könnte.

Nur widerwillig kletterte ich aus dem Bett und stellte mich unter die Dusche. Dieter ließ mir nicht viel Zeit, er drängte zur Eile und verschwand schon in den Frühstücksraum, als ich mich noch pfeifend rasierte. Die Idee, die mir bei meiner Gesichtspflege kam, setzte ich sofort in die Tat um.

Leider blieb mein Anruf vom Zimmertelefon bei der Kriminalpolizei in Paderborn erfolglos, mehr Glück hatte ich dagegen mit dem Polizeipräsidium in Aachen. Kommissar Böhnke, den ich zu sprechen wünschte, war tatsächlich schon so früh im Büro und wurde von der Telefonzentrale mit mir verbunden.

„Was soll ich zu Hause? Da kennt mich doch jeder", lachte er vergnügt. Er genieße es geradezu, im Sommer in der Frühe und in aller Ruhe zu arbeiten, zumal seine Freundin ohnehin bei dem schönen Sommerwetter in den Hühnerstall gefahren sei.

Ich musste schmunzeln; Hühnerstall, das war die bescheidene Umschreibung für die Ferienwohnung, die Böhnkes Lebensgefährtin in Huppenbroich besaß.

„Was wünschen Sie, mein Freund?" Der routinierte Kommissar konnte sich ausdenken, dass ich nicht aus Langeweile frühmorgens bei ihm vorsprach.

Ich berichtete ihm offen und ausführlich von meinen misslichen Erlebnissen auf der Kaiser-Route und diente ihm die Namensliste an. „Ich lasse sie Ihnen zufaxen und möchte Sie bitten, die Typen zu überprüfen. Vielleicht gehören sie ja zu Ihrer werten Kundschaft."

Wie ich nicht anders erwartet hatte, stimmte Böhnke meinem Anliegen vorbehaltlos zu. „Selbst wenn es keinen Grund gäbe, die Namen abzuklären, würde ich es tun", sagte er, „eben, weil Sie mich darum bitten. Wo Sie mitmischen, Herr Grundler, ist erfahrungsgemäß und bedauerlicherweise das Verbrechen nicht fern."

Das nächste Telefonat verlief nicht in einer derart freundlichen Atmosphäre, obwohl ich es erhofft hatte. Offenbar hatte ich meinen Gesprächspartner aus dem Schlaf gerissen. Jedenfalls brummte er wenig begeistert vor sich hin, als ich für den Nachmittag meinen Besuch ankündigte und ihn bat, einen gemeinsamen, alten Bekannten mitzubringen. Anscheinend war er nicht gerade sonderlich angetan von meinem Erscheinen, aber letztlich willigte er ein.

Ich war gespannt, wie Dieter reagieren würde, wenn wir die beiden Männer trafen.

Noch einmal versuchte ich mein Glück in Paderborn, hatte aber erneut keinen Erfolg.

Hastig schlang ich das Müsli herunter, das am Frühstücksbüffet angeboten wurde.

Dieter war schon vom Tisch aufgestanden, als ich endlich kam, um die Hotelrechnung zu begleichen und er wunderte sich nicht wenig, dass schon so früh am Tag eine beachtliche Telefonzahlung aufgelaufen war.

„Mit wem hast du heimlich telefoniert?", fragte er mich neugierig.

Ich antwortete ihm zwar wahrheitsgemäß, aber verschwieg dabei die Hälfte. „Du hast ja dein Handy mitgenommen, da musste ich schon vom Zimmer aus telefonieren", machte ich ihm zum Vorwurf, um ihn abzulenken.

Die Überraschung, die ich kurz vor dem Ende unserer Tour für meinen Freund vorbereitet hatte, wollte ich mir nicht zerstören.

Je weiter wir uns von Zons entfernten, umso flacher wurde die Landschaft. Wir konnten gut radeln auf der Strecke über Nievenheim zum Staatsforst Ville, wo uns der Wald ein wenig Kühlung verschaffte. Die Sonne hatte sich hinter Wolken versteckt, ein leichter Rückenwind schob uns an. Schließlich erreichten wir die Region, in der man keinen Respekt mehr vor der Kaiser-Route hatte. Der direkte Weg nach Bedburg war unterbrochen. Wegen des großen Braunkohletagebaus Garzweiler I mussten wir einen Bogen einschlagen, anders als der streitsüchtige Kaiser aus Aachen, der zielstrebig die gerade Strecke genommen hatte. Aber gegen die gigantischen Bagger, die sich langsam und scheinbar unaufhaltsam durch die ebene Landschaft fraßen, hatten auch die ehemaligen Aufmarschwege von Karls Heerscharen keine Chance.

„Es wird höchste Zeit, dass dieser umweltzerstörerische Wahnsinn aufhört", sagte ich zornig, als wir zwischen Frimmersdorf und Gindorf an einem gewaltigen, alten Braunkohlekraftwerk vorbeifuhren, das enorme Mengen Kohlendioxyd in die Luft schleuderte.

Dieter nickte nur stumm. Er wusste, wovon ich sprach, nämlich von der verwirrenden Geschichte unseres Freundes Hieronymus Müllejans, dem die Braunkohle nicht unbedingt Glück gebracht hatte.

Aber auch hinter dem großen Loch scheuchten uns die Hinweisschilder der Kaiser-Route nicht in Richtung Aachen, sondern südwärts über Bergheim, die Erft entlang zwischen Horrem und Sindorf bis nach Erftstadt. Erst dort ging es im scharfen Knick nach rechts durch Lechenich und weiter ins freie Feld. Viele der Ackerflächen waren schon abgeerntet. Nur den Zuckerrüben war noch eine Schonfrist gewährt. Sie ließen die blassgrünen Blätter hängen, was Dieter zu der Bemerkung verleitete, hier müsse es bald regnen. In Anbetracht unserer ungeschützten Radelei fügte er schnell hinzu: „Aber natürlich erst dann, wenn wir zu Hause sind."

Der Hinweis auf unser Zuhause schien ihn zu beflügeln, denn er schlug ein höheres Tempo ein.

Ich folgte nachdenklich meinem Freund. Zuhause, das bedeutete für Dieter gewiss etwas anderes als für mich. Er war in Aachen zu Hause, dort, und nirgendwo sonst auf dieser Welt. Bei mir war das anders. ‚Wo war ich eigentlich zu Hause?', dachte ich mir während der monotonen

Fahrt durch die offene Landschaft. Etwa in Aachen, etwa bei meinen Eltern, etwa bei Sabine? Oder etwa doch in Düren, wo ich mit meiner Frau Inga so lange und so harmonisch zusammengelebt hatte?

Nörvenich, Irresheim, Jakobwüllesheim, Stockheim, Gut Stepprath, das waren die Namen, die mir immer noch so vertraut waren. Sie zu lesen, machte mich zufrieden. Selbstverständlich kam ich nicht umhin, Dieter die angebliche Entstehung des Namens Jakobwüllesheim zu erklären. „Der Jakob war der Mann von Frau Wüllesheim", sagte ich ihm mit voller Überzeugung. „Sie lebten in Frauwüllesheim, bis er Knatsch mit ihr bekam. Da ist Jakob ausgezogen und hat sich wenige Kilometer weiter angesiedelt."

Dieters skeptischem Blick entnahm ich, dass er mir nicht glauben wollte.

Ich nutzte seine Verwirrung und bog vor Stepprath ab von der Kaiser-Route in den Dürener Stadtwald, ohne dass er es mitbekam.

„Man sieht dir richtig an, dass du daheim bist", sagte er.

Er hatte mich beobachtet, wie ich mit stetem Blick umherschaute und die Landschaft in mich aufsog. „Aber kannst du mir verraten, was die Kaiser-Route mit Düren zu tun hat?"

Düren, das war für einen waschechten Öcher wie Dieter die letzte Provinzstadt und würde es wohl immer bleiben. Es war noch gar nicht so lange her, dass ein Dürener Bürgermeister in offizieller Mission zu einer Veranstaltung in Aachen eingeladen worden war. Das war das erste Mal nach jahrzehntelanger Abstinenz gewesen, dass sich ein Aachener Oberbürgermeister dazu durchringen konnte, seinen Kollegen aus Düren in der Kaiserstadt zu begrüßen. Aber vielleicht lag die Verbrüderung ja auch nur daran, dass beide das gleiche Parteibuch hatten. Der Gerechtigkeit wegen muss ich allerdings auch sagen, dass umgekehrt Aachen für einen eingefleischten Dürener, wie ich es damals gewesen war, das Ende oder der Anfang von Holland war. Die Aachener hielten sich zwar noch an ihrem Kaiser und dem CHIO fest und vielleicht auch noch am Karlspreis und am Orden wider den tierischen Ernst, damit hatte es sich aber auch schon aus Dürener Sicht, und sie versuchten, durch das ständige Verweisen auf ihre Größe von ihrer Bedeutungslosigkeit abzulenken.

Früher konnte ich Dieter auch noch mit abfälligen Bemerkungen über die Alemanniakicker ärgern. Mit Sprüchen wie, „dass das Team nur noch unterklassig herumkrebste" oder „dass es von großer Weitsicht und einem ausgeprägten Realitätssinn auswärtiger Investoren spräche,

wenn sie den Tivoli abreißen wollten, um dort Häuser zu bauen" und „dass Aachen sowieso kein ausgeprägtes Fußballstadion mehr brauche, da der Zug in die Spitzenliga für alle Zeit abgefahren war", brachte ich ihn regelmäßig zur Weißglut. Doch nun, nach dem wahrscheinlich nur vorübergehenden Wiederaufstieg in die zweite Fußballbundesliga Hatte er bei diesem Thema Oberwasser.

Dennoch fielen mir genügend Punkte ein, um seine Aachener Seele zu erschüttern, und er musste sie sich jetzt anhören, als er sich so abfällig über Düren äußerte.

„Was hat Düren mit Kaiser Karl zu tun?" Glücklicherweise hatte ich die Beschreibung dieses Teilstücks bei Düren im Radwanderführer aufmerksam gelesen. So konnte ich bestens mit meinem Wissen prahlen und Dieter belehren. „Düren war einer der wichtigsten Orte der Karolinger. Hier gab es schon 748 eine Bischofssynode. Um 775 wurde erstmalig eine

Pfalzkapelle genannt, das muss um die Zeit gewesen sein, als Karl der Große von Düren aus zu seinem Sachsenfeldzug aufbrach, der bekanntlich, wie du inzwischen gelernt haben solltest, mit der Errichtung der ersten Pfalz vor 1200 Jahren in Paderborn endete."

Dieter zuckte mit den Schultern und verzog sein Gesicht zu einer Grimasse, die Desinteresse ausdrücken sollte. ,Na und', schien er mir damit sagen zu wollen.

„Später wurde Düren zu einem wichtigen Marktort in der Region, als Eingangstor zur Eifel, wo die Rur in die Ebene floss", fuhr ich unbeeindruckt fort, „gegen 1500 gelang den Dürenern dann der ganz große Coup, mit dem sie es sich mit den Karolingern endgültig verscherzten. Vermutlich", so spöttelte ich genüsslich, „rührt daher auch die gegenseitige Abneigung."

Die Dürener hatten nämlich die Pfalzkapelle, die dem karolingischen Hausheiligen, dem Heiligen Martin, geweiht war, kurzerhand der Heiligen Anna gewidmet. Ein Steinmetz soll die Reliquie, das Haupt der Mutter von Maria, der Heiligen Anna, aus der Stephanuskirche in Mainz gestohlen haben. Mit Zustimmung des Papstes durften die Dürener die Reliquie behalten. „Und dann haben die Dürener auch noch die Unverfrorenheit besessen, die Annakirmes ins Leben zu rufen", hänselte ich meinen Freund. „Damit haben sie es sich bei den Aachenern restlos und für alle Zeiten verdorben. Du weißt, warum?"

Dieter winkte verächtlich ab und wäre dabei auf dem unbefestigten Waldweg fast vom Rad gefallen. Natürlich wusste er es. Die Annakirmes stellte den Öcher Bend ganz gehörig in den Schatten, galt als das mit Abstand größte Volksfest in der Region zwischen Köln und Maastricht. Inzwischen mussten die Kirmesveranstalter in Aachen sogar noch aufpassen, dass ihre Kirmes in der Rangliste nicht noch auf den dritten Platz abrutschte. Der Lambertusmarkt in Erkelenz wuchs von Jahr zu Jahr und hatte, so behaupteten die Kenner, eine größere Lauflänge als der Bend. „Da bleibt für euch Öcher bald wirklich nur noch ein mickriges Schützenfest auf dem Bendplatz", witzelte ich.

Dieter folgte mir ohne Aufmerksamkeit und war froh, als ich schließlich an Schloss Burgau anhielt und abstieg.

„Hier trinken wir einen Kaffee", bestimmte ich, während ich das Fahrrad anschloss, „dann machen wir uns auf die letzten 40 Kilometer."

Dieter trottete gehorsam hinter mir her in das Burgcafé und stutzte erst, als ich zwei Männer begrüßte, die an einem Tisch saßen.

„Darf ich vorstellen?", fragte ich der Form halber. Ich deutete auf einen blondhaarigen Mann in unserem

Alter, der leger und zugleich elegant gekleidet war und uns aus hellen, blauen Augen kritisch musterte.

„Das ist Helmut Bahn, Redakteur bei einer Dürener Tageszeitung." Ihn hatte ich wohl am Morgen mit meinem frühen Telefonanruf aus den Armen seiner Frau gerissen, dachte ich mir. Ich reichte ihm die Hand und Dieter folgte mir.

„Und das ist Kommissar Küpper." Ich grinste einen Mann Mitte fünfzig an, dessen Blick dem eines Bernhardiners ähnelte. Ich bemerkte das Zucken in Dieters Augen, anscheinend dämmerte es ihm. Der Bernhardiner, das war doch der Kriminalbeamte gewesen, der ihm in seinem ersten Strafprozess vor rund zehn Jahren das Leben so schwer gemacht hatte.

Mein Freund erinnerte sich nur schwach. Aber noch war er sich nicht sicher. „Sind Sie's? Oder sind Sie's nicht?", fragte er den athletischen Senior zweifelnd.

„Ich bin's tatsächlich, Herr Doktor Schulz." Küpper forderte uns auf, uns mit an den Tisch zu setzen und winkte eine Bedienung herbei.

„Ist das Zufall?", flüsterte mir Dieter unsicher zu.

„Nein", bekannte ich freimütig, „ich habe heute Morgen mit Bahn das Treffen vereinbart."

„Und mich dabei aus dem Bett geklingelt", knurrte der Journalist. „Dabei hatte ich eine verdammt kurze Nacht hinter mir."

„Nicht nur Sie, Herr Bahn", fügte der Kommissar hinzu. „Aber Sie mussten ja unbedingt Ihre Nase in unsere Angelegenheit stecken, statt zu schlafen."
Bereitwillig klärte er Dieter und mich, die ihn fragend anstaunten, auf. „Wir hatten gestern einen ungewöhnlichen Todesfall. In einer Staustufe der Rur zwischen Lendersdorf und Düren ist ein Mann ertrunken." Der Bernhardiner sah mich an. „Sie kennen die Staustufen? Wenn Sie da in den Strudel des überlaufenden Wassers hineingeraten, kommen Sie nicht mehr los. Das Wasser zieht Sie immer wieder zur Stufe zurück. Wenn Ihre Kraft nachlässt, ist es vorbei. Dann saufen Sie ab." Er nippte nachdenklich an seinem Kaffee. „So ist es dem armen Kerl gestern auch passiert."

„Pech gehabt oder hat jemand nachgeholfen?" Neugierig stellte ich dem Kommissar die Frage und achtete nicht auf den mahnenden Blick, den mir Dieter zuwarf.

Küpper lächelte kurz. „Wenn wir das wüssten, wären wir ein großes Stück weiter. Wir haben zwar viele Gaffer am Unglücksort gehabt, aber niemand will gesehen haben, wie der Mann ins Wasser geraten ist. Wir wissen noch nicht einmal seinen Namen.« Der Kommissar schwieg und beobachtete die höfliche Bedienung, die die Getränke für Dieter und mich brachte und vor uns abstellte.

Der Bernhardiner hatte mir das Stichwort gegeben.

„Wegen diverser Namen wollte ich eigentlich mit Ihnen sprechen, Herr Küpper." Ich kramte aus meinem Rucksack die gefaxte Namensliste. „Hier gibt es einige Typen aus dem Bereich Düren, von denen ich gerne wissen würde, was es mit ihnen auf sich hat."

Bahn sah mich verwundert an. „Wozu?", fragte er statt Küpper.

Das war so eine Frage, die ich überhaupt nicht mochte.

‚Wozu?' Ich wollte doch nicht alle Welt über meine Gedanken aufklären. Man sollte mir gefälligst meine Bitte erfüllen, und ich würde dafür sorgen, dass mein Wissen nicht missbraucht würde.

Aber Küpper spielte nicht mit. „Warum?", wollte er von mir wissen.

Ich gab mich geschlagen und seufzte: „Weil ich vermute, dass die hier aufgelisteten Männer und Frauen in einen Todesfall verstrickt sein könnten. In dem für sie günstigsten Falle sind sie bloß Zeugen. Im ungünstigsten Falle haben sie sich allerdings des Mordes oder der Beihilfe zum Mord zu verantworten."

Aufmerksam überflog der Kommissar daraufhin die Namen und schüttelte bedauernd den Kopf. „Im Moment sagen sie mir nichts." Ungefragt und ohne meine Einwilligung gab er das Fax an den Journalisten weiter, der neugierig las.

Aber auch Bahn wusste nichts mit den Namen anzufangen. „Warum soll es Ihnen auch besser gehen als

uns?", meinte er lakonisch. Er grinste uns grüblerisch an. „Aber vielleicht können Sie uns helfen." Die Polizei habe ein Porträt des Toten angefertigt, erklärte er, das morgen in den Tageszeitungen veröffentlicht werde. „Kennen Sie ihn vielleicht?" Bahn hatte aus seiner Lederjacke ein Foto gezogen, das er mir vor die Nase hielt. „Das ist unser unbekannter Toter."
Ich schaute zunächst mit wachsender Verwunderung das Foto an und dann zu Dieter, der ebenso wie ich nachdenklich die Stirn runzelte.
„Er ist's", sagte er schließlich bestätigend. Wie ich, so hatte auch mein Freund den Toten als den Zottelbär wiedererkannt, der uns in dem Hotel in Fröndenberg als Begleiter des vermeintlichen Zuhältertyps aufgefallen war.
Aber nicht nur dort hatte ich ihn gesehen. In meiner fast schlaflosen Nacht war er mir wieder in den Sinn gekommen. „Der war auch auf der Wewelsburg, als dort wegen des toten Bruders von Roswitha Thiele ermittelt wurde", sagte ich. Als ich mit Kommissar Dietrich vor der Tür zum Versammlungsraum gestanden hatte, hatte ich ihn für einen Augenblick sehen können. „Ich habe keinen Zweifel, der Kerl hat uns mit seinem Begleiter in Fröndenberg genervt und war auch auf der Wewelsburg", bekräftigte ich nochmals.
„Dann müsste sein Name doch auf der Liste verewigt sein", folgerte Dieter, der sich schnell verbesserte,

bevor ich es tat. „Dann könnte er verewigt sein." Es müsste doch möglich sein, eventuell mittels der Adressen herauszufinden, wer dieser Mann war. „Der stammt bestimmt aus der Gegend", vermutete mein Freund.

„Aber nicht aus Düren", schaltete sich Bahn schnell ein, „den würde ich kennen."

Auch der Bernhardiner wollte keinen der Namen dem Toten zuordnen. „Aber wir haben jetzt wenigstens einen kleinen Ansatzpunkt«, tröstete er sich. Als Gegenleistung für mein Wissen bot er uns an, seinen Kollegen in Aachen das Porträt des Toten zu übermitteln. „Vielleicht kann er ja in Aachen identifiziert werden."

Bereitwillig überließ ich ihm das Papier. Böhnke würde mir sicherlich eine Kopie seines Fax geben.

„War diese Liste etwa der einzige Grund, weshalb Sie mich sprechen wollten, Herr Grundler?", fragte der Kommissar interessiert. „Oder hatten Sie noch etwas anderes auf dem Herzen?"

Ich verneinte. Mir sei es tatsächlich ausschließlich nur um die Namen gegangen, versicherte ich Bahn und Küpper.

Schnell verabschiedeten wir uns. Wenn wir noch im Hellen in Aachen sein wollten, mussten wir uns beeilen.

Über Rölsdorf und Gürzenich kehrten Dieter und ich zur ausgeschilderten Kaiser-Route zurück, die uns nach Langerwehe und durch das Wehebachtal nach Schevenhütte führte. Bei Vicht und an Breinig vorbei wurde es in Richtung Kornelimünster noch einmal mühevoll. Mein Vorschlag, in Kornelimünster, der idyllischen Zugabe der Karolinger zur Aachener Zentrale, die letzte Übernachtung einzulegen, quittierte mein Freund nur mit einem müden Lächeln. „Die letzten acht Kilometer bis zum Dom wirst du leere Flasche wohl auch noch schaffen", schimpfte er tief durchatmend, als wir durch die Feldmark weiter nach Burtscheid strampelten.

Das gefährlichste Stück unserer heutigen Etappe, die Fahrt durch die Innenstadt, verlangte noch einmal unsere höchste Aufmerksamkeit, ehe wir endlich auf dem Markt vor dem Rathaus anlangten und uns ausgelaugt, aber zufrieden standesgemäß vor dem Ratskeller niederließen.

Es war geschafft. Wir hatten die Kaiser-Route per Fahrrad hinter uns gebracht und einen Sack merkwürdiger Begebenheiten mitgebracht.

Doch verspürte Dieter in diesem Moment des Erfolgs keine Lust, mit mir darüber zu diskutieren. Der faule Hund griff lieber zum Handy und rief seine Liebste an. Sie möge ihn mit dem Wagen am Markt abholen und nicht den Fahrradständer vergessen, bat er Do. Selbstverständlich, so fügte er lästernd hinzu, dürfe auch Sabine mitkommen. Ich bedürfe dringend der Pflege, da ich völlig erschöpft sei.

Als ich protestieren wollte, grinste mein Chef frech. „Wenn du noch so fit bist, kannst du ja morgen in die Kanzlei kommen."

Diese überflüssige Bemerkung sollte wohl die Retourkutsche für meine abfälligen Kommentare über die Aachener sein, dachte ich mir und ließ mir schnell noch einen weiteren einfallen. „Weißt du eigentlich, warum Karl der Große ausgerechnet Aachen zum Zentrum seines Kaiserreichs gemacht hat?"

Wie ich es mir denken konnte, wusste Dieter es natürlich nicht. Ihn interessierte offenbar nur das Geldverdienen, aber nicht der historische Boden, auf dem er das viele Geld verdiente.

„Weil er Rheuma hatte", gab ich zur Antwort, „und weil hier zufällig jemand auf eine heiße Quelle gestoßen war. Da hat der große Kaiser regelmäßig seine Wehwehchen saniert. Stell' dir vor, die Quellen wären in Düren gesprudelt. Dann würde heute niemand Aachen kennen und Düren wäre das karolingische Maß aller Dinge."

Dieter hörte mir nur gelangweilt zu, er war noch zu bequem, mich darauf hinzuweisen, dass schon zu Römerzeiten die heißen Quellen von Aquis grana begehrt waren und beobachtete lieber den Verkehr auf der Straße. Erleichtert sprang er auf, als endlich sein Daimler angefahren kam.

Auch ich freute mich, als Sabine ausstieg und mich mit ihrem strahlenden Lächeln umarmte. Schnell gingen wir in meine Wohnung am Templergraben. Es war schön, nicht mehr neben Dieter einschlafen zu müssen.

# Karl der Große

Tatsächlich machte ich mich weisungsgemäß am nächsten Morgen gemeinsam mit Sabine auf den Weg zur Arbeit und wurde von unserem Kanzleidrachen Fräulein Schmitz mit der ernüchternden Nachricht überrascht, dass sich unser aller Chef entschuldige. Er würde nach der strapaziösen Tour noch einen Urlaubstag im Kreise der Familie einlegen.
„Hauptsache, sein Fußvolk schafft die Kohlen heran", brummte ich missmutig. „Chef müsste man sein, dann konnte man frei machen, wie man wollte." Ich schlug die Hände über dem Kopf zusammen, als ich die Post und den Aktenberg sah, der sich auf meinem Schreibtisch auftürmte. Anscheinend hatte niemand in der Kanzlei während meine Abwesenheit gearbeitet, nörgelte ich, als mir Sabine den Kaffee und die Tageszeitung brachte.

„Du als unser Sklaventreiber warst ja auch nicht an Bord", kommentierte sie lachend und küsste mich auf die Stirn. Aber jetzt ginge wieder alles seinen geregelten Gang, behauptete sie und setzte sich auf meinen Schoß.

Das Telefon unterband energisch unsere Umarmung.

„Ich habe ja gesagt, es geht jetzt alles wieder seinen normalen Gang", schmunzelte Sabine, als sie aufstand und mir den Hörer reichte.

Böhnke hatte uns gestört. Er wolle nur wissen, ob es außer ihm auch noch andere Frühaufsteher in dieser schönen Sommerzeit gebe, meinte er freundlich zur Begrüßung, ehe er ernst wurde. „Sie halten wohl alle Ermittlungsbehörden in Nordrhein-Westfalen auf Trab, Herr Grundler", sagte er. Aus Paderborn habe ein Kommissar mit ihm Kontakt aufgenommen, ein Kollege aus Düren hätte ihm ein Porträtfoto zukommen lassen. „Und wir suchen alle gemeinsam nach einer Gemeinsamkeit, nur weil es ein gewisser Herr namens Grundler wünscht."

„Na, na", versuchte ich zu beschwichtigen. „Ich dachte, wir wollten einen oder zwei oder sogar drei Morde aufklären. Oder etwa nicht?"

„Wie kommen Sie nur darauf?", fragte der Kommissar fast schon bewundernd. „In der Tat ermitteln wir zumindest in einem Fall wegen eines vermeintlichen Tötungsdeliktes." Böhnke legte eine kurze Atempause ein. „Wir haben einen erfolgversprechenden

Ansatz", sagte er endlich. „Der Tote aus der Rur in Düren ist schon identifiziert. Übrigens bereits seit gestern Abend, aber ich konnte Sie nicht informieren. Ihr Telefon war ständig besetzt."

Ich überhörte die überflüssige Bemerkung. Ich hatte das Gerät ausgestöpselt, damit Sabine und ich ungestört bleiben konnten.

„Wer ist es denn?"

„Eine arme Socke aus Aachen, eine verlotterte Existenz, ein Gescheiterter. Nehmen Sie es, wie Sie wollen. Der Mann war erwerbslos und ohne Schulausbildung, war wegen kleinerer Diebstahlsdelikte in unseren Akten verewigt und lungerte ohne festen Wohnsitz wahrscheinlich bei verschiedenen Freunden herum." Böhnke lachte triumphierend auf. »Wir haben gestern noch einige Personen aus Ihrer Liste aufgesucht und dabei auch nach dem Toten gefragt. Aus den Antworten und aus unseren Akten ergibt sich die eindeutige Identifikation. Es handelt sich um Ferdinand Münstermann. Um diesen Menschen trauert wahrscheinlich niemand."

Das sei zweitrangig, wandte ich rasch ein. „Mord oder Unfall?"

Diese Frage würde sich tatsächlich immer noch stellen, bestätigte Böhnke. „Für die Antwort darauf sind allerdings meine Kollegen in Düren zuständig. Da sind wir draußen vor. Aber es ist schon verwunderlich, dass Münstermann sich in Düren aus dem Leben

106

verabschiedet. Der war wahrscheinlich noch nie zuvor in seinem Leben in diesem Kaff."

Ich ging über diese despektierliche Bezeichnung von Düren hinweg und hörte schweigend zu.

„Niemand kennt ihn dort", fuhr Böhnke fort. „Mein Kollege Küpper geht jedenfalls zunächst von einer kriminellen Handlung aus. Er wertet zurzeit die Zeugenaussagen und die sonstigen Spuren aus."

Es wurde Zeit, das Gespräch zu beenden. Sabine war ins Zimmer zurückgekehrt und deutete mir mit hastigen Handzeichen ein anderes, offenbar dringendes Telefonat an.

Dieter meldete sich aufgeregt. „Wir müssen unbedingt zu Schlingenhagen", rief er in den Hörer, „der Alte ist außer sich und will sofort mit uns reden." Worüber, das habe er nicht gesagt. „Er erwartet uns um zehn in seinem Haus. Ich hole dich ab", sagte Dieter kurz und legte auf, ohne auf meine Entgegnung zu warten.

Es schien sich in der Tat um eine äußerst dringende Angelegenheit zu handeln. Noch vor der verabredeten Zeit stand mein Chef mit seinem Daimler vor der Kanzlei in zweiter Reihe auf der Theaterstraße und hupte ungeduldig und dauerhaft, dass er die Aufmerksamkeit der Passanten und die wütenden Gesten der von ihm behinderten Autofahrer auf sich zog.

„Aber ansonsten bist du gesund", raunzte ich ihn an, als ich mich auf den Beifahrersitz schwang.

„Halt' die Klappe!", bellte Dieter zurück. Er benahm sich, als ginge es um Leben und Tod, dabei wollten wir doch nur einen Klienten besuchen. „Schlingenhagen hat am Telefon getobt wie ein Verrückter. Wenn wir ihn nicht beruhigen können, bekommt er noch einen Herzinfarkt."

Dieter glaubte wohl, er könne mich mit dieser vagen Behauptung von der Notwendigkeit seiner verkehrswidrigen Eile überzeugen. Ich blieb stumm, während Dieter nach Burtscheid raste und dort in einer ruhigen Seitenstraße vor einer stattlichen Vorkriegsvilla in einem grünen Paradies bremste.

Im Hauseingang stand ein Mann in den Sechzigern, der winkend auf sich aufmerksam machte. Offenbar erwartete Schlingenhagen uns sehnsüchtig. Er schaute erstaunt, als mein Chauffeur Dr. Schulz, mit Anzug und Schlips gekleidet, auf ihn zutrat, während ich, wie immer normal gekleidet, lässig hinterherschlenderte.

Dementsprechend fiel die Begrüßung von Dieter standesgemäß aus. Hingegen musste ich mich mit einem abfälligen Naserümpfen begnügen, nachdem Dieter mich als seinen zukünftigen Kompagnon vorgestellt hatte.

Unsere Beileidsbekundung nahm Schlingenhagen nur beiläufig zur Kenntnis. Nervös schob uns der Unternehmer durch das riesige Haus, in dem er offenbar allein war, in sein Arbeitszimmer, wo er an einem Besuchertisch bereits Tassen und eine Kaffeekanne vorhielt. Mit zusammengekniffenen Lippen bot er uns zunächst einen Platz an, um dann Dieter und mir zwei Kopien zu überreichen.

„Lesen Sie und sagen Sie mir, was ich tun kann", forderte er uns auf.

Die erste Kopie war die eines offiziellen Schreibens, das ein Rechtsanwalt aus Aachen namens Stippach verfasst hatte. Allein schon der Name des angeblichen Kollegen veranlasste Dieter und mich zu einem abfälligen Stirnrunzeln. Dem Mann würde ich nicht einmal die Hand zum Gruße reichen, weil ich befürchten müsste, dass ich anschließend nicht mehr alle fünf Finger daran besaß. Der schmierige Winkeladvokat hatte in Juristenkreisen nicht gerade den besten Ruf und musste sich bereits mehrfach wegen seines ungebührlichen Verhaltens vor der Anwaltskammer, aber auch schon vor dem Staatsanwalt verantworten. Aber bislang waren alle Vermutungen und Verdächtigungen wegen Unterschlagung, Veruntreuung oder Betrug letztendlich nicht beweisbar gewesen. Doch es war nur eine Frage der Zeit, bis der dubiosen Gestalt endlich einmal das unlautere Handwerk gelegt würde. Darauf wäre ich jede Wette eingegangen.

In dem Brief an Schlingenhagen kündigte Stippach sein Mandat für Karl Schlingenhagen an, in dessen Auftrag er die vorzeitige Auszahlung des dem Sohn zustehenden Erbteils anforderte. Nach Ableben des Bruders Franz sei Karl Haupterbe des Vermögens von Schlingenhagen; er würde allerdings auf alle anderen Erbansprüche verzichten, wenn ihm Schlingenhagen fünf Millionen Mark überweise. Mit dem Hinweis, die berechtigte Forderung gegebenenfalls einklagen zu müssen, und der Empfehlung an Schlingenhagen, die Angelegenheit im eigenen Interesse ohne Aufsehen und ohne Rechtsstreit zu erledigen, endete das Anwaltsschreiben. Die in der Anlage beigefügte Verpflichtungserklärung hatte Schlingenhagen ebenfalls kopiert. Darin würde der Unternehmer durch seine Unterschrift bestätigen, an seinen Sohn Karl Schlingenhagen den als Erbteil geforderten Betrag von fünf Millionen Mark bis Ende des Monats auf ein bei einer belgischen Bank angegebenes Konto zu überweisen. Mit diesem Betrag sei der Erbanspruch für alle Zeiten abgegolten.

Dieter sah mich erstaunt an. ‚Was ist zu tun?‘, fragte mich sein Blick.

Ich sah nachdenklich durch das große Fenster hinaus in den dichten Garten. Das Grün beruhigte ungemein.

„Was meint Ihr Sohn mit der Bemerkung, es sei in Ihrem Interesse, den Anspruch anzuerkennen?" Mehr aus Verlegenheit als aus Verständnis für die Situation stellte ich die Frage. „Das hört sich ein bisschen so an, als habe er etwas gegen Sie in der Hand."

Für einen Moment schoss Schlingenhagen die Zornesröte ins Gesicht. Anscheinend hatte ich mit meiner Vermutung nicht völlig danebengelegen.

Der Senior schüttelte heftig den Kopf. „Das tut nichts zur Sache", sagte er entschlossen.

„Alles tut etwas zur Sache", widersprach Dieter streng. „Vielleicht will Ihr Sohn Sie nötigen oder sogar erpressen. Dann wäre die Erbschaftsforderung unzulässig. Also, gibt es etwas?" Er betrachtete den Unternehmer. „Ich muss es wissen."

Schlingenhagen blieb lange stumm und stierte in die halbvolle Kaffeetasse vor sich. Das bedächtige Rühren in der schwarzen Brühe wirkte nicht gerade entspannend.

‚Mann, komm' endlich zur Sache!', dachte ich mir.

„Wir brauchen alle Informationen über Ihr Verhältnis zu Ihrem Sohn, Herr Schlingenhagen", sagte ich langsam und mit Engelszunge. „Oder wollen Sie etwa zahlen? Dann brauchen wir uns nicht weiter zu unterhalten."

Es hatte den Anschein, als hätte mir Schlingenhagen nicht einmal zugehört. Er rührte weiter Gedanken versunken in seiner Kaffeetasse.

„Selbstverständlich will ich nicht zahlen", sagte der Fabrikant endlich. Er stand mühsam auf und schlurfte zu seinem Schreibtisch. „Diesen Brief habe ich am gleichen Tag mit der Post bekommen", sagte er, nachdem er mit einem Papier zu uns zurückgekehrt war. Er gab Dieter

den Brief, der ihn konzentriert las und dann stumm an mich weiterreichte.

Der Brief war von Karl Schlingenhagen unterzeichnet. Er erklärte darin, er werde als Miteigentümer dem Verkauf des Familienunternehmens nicht zustimmen und die Verkaufsabsicht publik machen, falls der Senior nicht seinen Wünschen nachkomme.

„Du weißt, ohne mich kannst

du nicht verkaufen. Der Verkauf scheitert garantiert, wenn deine Verhandlungen an die Öffentlichkeit dringen. Ich bin bereit, auf meinen Firmenanteil zu verzichten, sofern du meine Bitte erfüllst", schrieb der Sohn.

‚Ganz schön raffiniert', dachte ich mir grimmig. An dem Brief hatte garantiert auch der Winkeladvokat mitgewirkt, sich aber geschickt draußen vorgehalten. Wie der Brief formuliert war, musste ein Jurist daran mitgearbeitet haben, außerdem war das Druckbild auf dem weißen Blatt identisch mit dem des Anwaltsschreiben.

„Wollen Sie etwa Ihr Unternehmen verkaufen?", fragte Dieter verblüfft endlich in die Gesprächspause hinein. Das alteingesessene Familienunternehmen Schlingenhagen hatte einen guten Ruf in Aachen und galt als solide. Von Problemen jedweder Art war uns nichts bekannt. Ein Verkauf würde gewiss für eine gehörige Verunsicherung in Wirtschaftskreisen sorgen und die Frage nach finanziellen Schwierigkeiten aufkommen lassen, fügte ich hinzu.

„Damit sprechen Sie nur den kleineren Teil der Problematik an", pflichtete mir Schlingenhagen flüsternd bei. „Ich will mein Unternehmen an einen irischen Konzern veräußern, der beabsichtigt, den Firmensitz nach Dublin zu verlagern. In Aachen soll nur die kontinentale Vertriebsstelle bleiben. Sie können sich vorstellen, dass diese Perspektive meinen Mitarbeitern überhaupt nicht behagen kann. Es könnte durchaus zu etlichen Entlassungen kommen." Schlingenhagen schüttelte betrübt seinen grauhaarigen Kopf. „Aber ich sehe für mich keine andere Möglichkeit als einen Verkauf."

„Warum? Sind Sie etwa nicht mehr liquide?" Ich dachte, diese Frage liege auf der Hand, weshalb ich den wütenden Blick meines Chefs nicht verstand. Es wäre doch falsch gewesen, aus übertriebener Höflichkeit gegenüber einem Mandanten auf diese Fragen zu verzichten.

„Mitnichten." Schlingenhagen lächelte gequält, er wirkte ermattet. „Ich kann nur nicht mehr und ich will auch nicht mehr." Er sah mich mit matten Augen an, als wolle er mein Verständnis gewinnen. „Meine Frau ist vor drei Jahren gestorben, Franz ist tot, Karl ein Taugenichts. Und ich bin im rentengemäßen Alter. Ich will die letzten Jahre meines Lebens in Ruhe auf meinem Landsitz in der Toscana verbringen und nichts mehr mit Arbeit zu tun haben. Hier in Aachen macht das Leben leider keinen Spaß mehr." Er seufzte. „Ich wollte das Unternehmen an deutsche Investoren verkaufen, aber niemand wollte es haben, obwohl es floriert. Da habe ich mich zwangsläufig im Ausland umsehen müssen." Es sei schon paradox, dass deutsche Unternehmer lieber im Ausland investierten als im eigenen Land. „Gleichzeitig aber ist das Geschrei
groß, wenn ein solides Unternehmen an Fremde veräußert wird." Schlingenhagen schaute uns mit entschlossener Miene an. „Ich will raus!"

Er deutete auf den Brief seines Sohnes. „Und jetzt das", stöhnte er. „Wir hatten äußerste Diskretion vereinbart. Das Geschäft platzt in der Tat, wenn die Verhandlungen bekannt werden."

„Wieso kann denn Ihr Sohn überhaupt Einfluss nehmen?", fragte Dieter verständnislos.

„Als meine Frau starb, hat Karl aus ihrem Erbteil einen zehnprozentigen Firmenanteil geerbt, ebenso wie Franz", erklärte Schlingenhagen. „Nach unseren Gründungsverträgen, die noch aus der Zeit meines Großvaters stammen, darf das Unternehmen nur mit der Zustimmung aller Gesellschafter aufgelöst oder veräußert werden."

„Das bedeutet also, dass Ihnen Ihr Sohn Karl die Veräußerungsbemühungen gehörig vermasseln kann?", folgerte Dieter.

Schlingenhagen stimmte ihm bedauernd zu.

„Können Sie ihn denn nicht zum Geschäftsführer Ihrer Firma machen und sich mit einer akzeptablen Gewinnbeteiligung aufs Altenteil zurückziehen?" Nach Dieters Überlegung könnte diese Regelung ein gangbarer Weg sein. „Das wäre eine durchaus denkbare Alternative zum
Verkauf."

Der alte Unternehmer lachte verbittert auf. „Dann würde ich doch nach wie vor über alle Sorgen und Nöte informiert und fände keine Ruhe. Bei den kleinsten Schwierigkeiten würde man mich anrufen." Er winkte ab. „Aber das wäre noch das kleinere Übel. Wenn Karl ans Ruder käme, wäre der Betrieb in einem Jahr garantiert ein Fall für den Konkursrichter. Mein Sohn hieß zwar bei uns immer Karl der Große, aber in Wirklichkeit ist er ein Winzling, eine Null." Karl könne nichts, habe trotz seines durchaus vorhandenen Verstandes die Schule abgebrochen und eine Lehre geschmissen und lebe nur in den Tag hinein. „Er profitiert von unserem guten Namen und den monatlichen Gewinnanteilen aus seinem Firmenanteil." Das reiche allemal für einen angenehmen Lebenswandel als Faulpelz. „Der ist sogar noch zu bequem gewesen, den Führerschein zu machen. Der lässt sich lieber von anderen transportieren."

Schlingenhagen machte kein Hehl daraus, dass er von seinem Sohn Karl enttäuscht war. Franz der jüngere Sohn, so fuhr der Alte fort, sei aus einem ganz anderen Holz geschnitzt gewesen. „Er war intelligent, hilfsbereit, engagiert. Aber leider wollte er nicht in die Firma einsteigen, sondern Priester werden." Schlingenhagen zierte sich ein wenig. „Ich konnte ihn nicht von dieser Idee abbringen. Franz hat nur gesagt, er wolle keinen Beruf, er wolle eine Berufung, und die sähe er in seiner Bestimmung zum Priester." Seine Gewinnanteile aus dem Unternehmen habe Franz übrigens einer Stiftung zu Gunsten krebskranker Kinder zukommen lassen.

Schlingenhagen stand wieder auf und trat ans Fenster.

Er atmete tief durch. „Wissen Sie eigentlich, warum Franz Selbstmord begangen hat?"

„Nein", antwortete ich. Woher sollten wir es auch wissen?

„Franz war sehr sensibel", sagte Schlingenhagen mit leiser, fast unhörbarer Stimme, während er in den Garten blickte. „Er litt jedes Mal förmlich darunter, wenn unsere Familie oder der Betrieb in der öffentlichen Kritik stand, die meistens überzogen und ungerechtfertigt war. Und jetzt war er es selbst, der in der öffentlichen Kritik stand, der den guten Ruf der Familie ins Gerede brachte, ohne dass er sich dagegen wehren konnte. Ich kann seine Reaktion verstehen. Das ging ihm sehr nahe, obwohl er unschuldig sein muss."

„Wieso?« So leicht ließ ich die Unschuldsbehauptung nicht im Raum stehen.

„Franz würde niemals einem Menschen Leid zufügen", beteuerte Schlingenhagen. „Er würde vielmehr Leid auf sich nehmen, um anderen Menschen Leid zu ersparen." Der Alte atmete tief durch und drehte sich wieder zu uns. „Außerdem war er zeugungsunfähig. Franz hätte keine Frau schwängern können." Wahrscheinlich hätte der Junge es nicht verkraftet, wenn diese Erkenntnis bei den Ermittlungen herausgekommen wäre. „Die Häme und den Spott in den Sensationsmedien können Sie sich vorstellen, meine Herren."

Verständnis vortäuschend nickten Dieter und ich.

„Aber warum hat er nichts gesagt?", wollte ich wissen.

„Warum wohl?", fragte Schlingenhagen zurück. „Er hat für sich den Maßstab des Beichtgeheimnisses sehr streng angelegt. Franz hätte zwangsläufig das Mädchen in Misskredit gebracht, wenn er erklärt hatte, er könne überhaupt nicht der Vater des werdenden Kindes sein." Der Alte rang sich erneut ein gequältes Lächeln ab. „Sie wissen, was dann gekommen wäre? Man hätte ihm zunächst nicht geglaubt, dass er kein intimes Verhältnis zu der Schülerin gehabt hätte und gleichzeitig hätten gewisse Medien das Mädchen zum Flittchen gemacht, dass es zum einem mit einem Priesterschüler triebe und sich zugleich von einem anderen schwängern ließe. Davor wollte Franz sie schützen."

‚Der Junge tickte nicht sauber', dachte ich mir insgeheim. ‚Dafür gab ich doch nicht das bisschen Leben auf.'

Anscheinend konnte Schlingenhagen meine Gedanken lesen. „Es gibt viele Menschen, die haben Franz für naiv oder weltfremd angesehen haben. Aber er war wahrscheinlich zu sehr von seinem Verantwortungsbewusstsein für andere eingenommen, als dass er auf sich selbst Rücksicht nahm. Er starb lieber, um die Ehre eines anderen Menschen zu schützen, der sich ihm anvertraut hatte."

Unbedingt zufrieden war ich mit Schlingenhagens Erklärung nicht. Aber wenn sie ihm half, das Geschehene zu verarbeiten, sollte sie mir recht sein. Dadurch änderte sich ohnehin nichts mehr für Franz oder Roswitha. Die hatten sich längst in den ewigen Jagdgründen lieb.

Räuspernd meldete sich Dieter zu Wort. „Wo können wir Ihren Sohn Karl finden?"

„Normalerweise in seiner Wohnung in Kornelimünster. Dort haben wir ihm vor neun Jahren zum 18. Geburtstag eine Eigentumswohnung geschenkt. Aber die meiste Zeit ist er unterwegs. Er hat ja ausreichend Geld für sich und seine Freunde." Schlingenhagen machte deutlich, dass er kein Verständnis für diese Art von Lebensgestaltung aufbringen konnte. Bereitwillig nannte er uns die Adresse.

Meine Frage, ob er Freunde von Karl beim Namen kenne, verneinte Schlingenhagen. „Er hat sie mir nicht vorgestellt und ich lege auch keinen gesteigerten Wert auf deren Bekanntschaft. Das sind wahrscheinlich genauso nichtsnutzige Typen wie er."

Der Unternehmer wandte sich meinem Chef zu. „Was gedenken Sie jetzt zu tun, Herr Doktor?"

Dieter pustete durch. „Ich werde zunächst einen Brief für Sie aufsetzen, in dem Sie Ihren Sohn auffordern, sich mit Ihnen zu einem Gespräch zu treffen. Er soll Ihnen einen Termin vorschlagen." Dadurch gewönne Schlingenhagen Zeit. „Wir erwecken dabei in dem Schreiben den Anschein, als seien wir durchaus bereit, seine Forderung zu erfüllen, was wir selbstverständlich nicht wollen."

‚Warum machte es Dieter nur so umständlich?', schimpfte ich für mich. Dem Kerl gehörte gehörig eins aufs Maul. „Sie müssen Ihr Testament ändern", sagte ich zu Schlingenhagen. Ob er noch ein blankounterzeichnetes Blatt Papier habe, etwa zwei Jahre alt. Daraus ließe sich vielleicht ein nachträglich datiertes Testament machen. Außerdem, so überlegte ich für mich, sprach aus dem Begehren des ungnädigen Sohn grober Undank. Wenn Karlemännchen seine Geldforderung mit einer Bedingung verband, war das für mich mindestens der Versuch einer Nötigung.

Dieter wollte von meinen Gedanken nichts wissen. „Wir gehen zunächst den Weg der Vernunft", meinte er auf der Rückfahrt zur Kanzlei. „Deine Django-Methoden kannst du dir an die Backe schmieren."

„An wen soll Schlingenhagen denn den Brief richten? An den Sohn oder besser an Deinen werten Anwaltskollegen Stippach?"

Dieter schnaubte bei der Namensnennung. „Diesen Galgenvogel will ich nicht als Kollegen bezeichnet wissen. Der hat mehr Dreck am Stecken, als alle anderen Anwälte zusammen jemals haben könnten."

Aber es bliebe keine andere Möglichkeit übrig. Man

müsse mit ihm in Briefkontakt treten. „Oder willst du das Risiko eingehen, dass Karl Schlingenhagen den Brief nicht erhält? Er ist doch dauernd auf Achse." Genauso wie der große Karl der Große, dachte ich mir, auch immer unterwegs und auch nicht immer den Nächsten liebend.

## Flugpläne

Am Feierabend kam mir auf meinem üblichen Fußmarsch von der Kanzlei zum Templergraben fern jedes rationalen Denkens eine Idee in den Sinn, wie wir Karl Schlingenhagen eventuell auftreiben konnten. Wie nicht anders zu erwarten gewesen war, hatte tagsüber niemand in seiner Wohnung auf unsere wiederholten Telefonanrufe reagiert. ‚Der Vogel ist ausgeflogen', hatte ich zu mir gesagt und mir damit selbst das Stichwort gegeben. Nachdem alle unsere Suchbemühungen in Aachen und der Region trotz der freundlichen, dank Böhnke angeordneten, aber eigentlich nicht einmal zulässigen Unterstützung der Polizei erfolglos geblieben waren und auch Schlingenhagens unsympathischer Anwalt erwartungsgemäß keinerlei Anstalten machte, mit uns zusammen zu arbeiten, musste ich auf meine eigenen, bisweilen ungewöhnlichen und zugegebenermaßen für andere nicht unbedingt nachvollziehbaren Methoden und Gedankengänge zurückgreifen.

Da Schlingenhagen junior nicht im Besitz eines fahrbaren Untersatzes war, blieben nicht allzu viele Fortbewegungsmittel im Angebot, mit denen er sich von Aachen wegbegeben und in der Weltgeschichte umhertreiben konnte.

,Nur Fliegen ist angeblich schöner', dachte ich in Anlehnung an einen alten Werbespruch und rief aus meiner Wohnung Böhnke an. Von seinen guten Beziehungen zum Flughafen in Maastricht wusste ich aus eigenem Erleben. Nicht zuletzt der niederländische Kollege von Böhnke, Kommissar Bloemen hatte uns bei der Aufklärung eines blutigen Attentats sehr geholfen. Ob er ebenso gute Beziehungen zum Flugfeld bei Merzbrück habe, fragte ich Böhnke, als ich ihn in meine Überlegungen einweihte.

Der Kommissar ließ sich nicht lange bitten. Schon eine halbe Stunde später rief er zurück und klärte mich über seine Nachforschungen auf. „Wie mir meine niederländischen Kollegen erklärt haben, ist Schlingenhagen in den letzten drei Monaten nicht vom Maastricht-Aachen-Airport abgeflogen oder dort gelandet. Es sei denn, der junge Mann sei mit gefälschten Papieren unterwegs gewesen. Aber das kann ich mir nicht vorstellen."

„Und was ist mit Merzbrück?"

Hier konnte Böhnke mir nicht auf Anhieb helfen. „Ich kenne den Chef der Flugüberwachung recht gut. Ich habe ihn zu Hause angerufen." Morgen säße der gute Mann wieder in seinem Büro neben der Start- und Landebahn. „Sie können ihn aufsuchen. Er wird Sie gerne informieren."

Allerdings wollte der Kommissar sein Wissen nicht ohne Gegenleistung preisgeben. „Was ist mit Karl Schlingenhagen? Hat er etwa etwas auf dem Kerbholz?"

Nicht, dass ich wüsste, hielt ich schnell dagegen. Es handele sich ausschließlich um eine privatrechtliche Angelegenheit, erklärte ich. ‚Noch jedenfalls', fügte ich für mich hinzu, aber das brauchte Böhnke im Augenblick nicht zu interessieren.

Ich wechselte das Thema. „Apropos Kerbholz. Was machen eigentlich die Namen auf der Liste aus Paderborn?"

„Damit haben Sie uns wieder ein dickes Ei gelegt, Herr Grundler", antwortete der Kommissar, der ungerührt auf meinen Themenwechsel einging.

Es wunderte mich, dass er sich so schnell mit meiner Erklärung abgefunden hatte.

„Das sind alles merkwürdige Früchtchen", fuhr Böhnke fort, „junge Leute, zum Teil schon Langzeitarbeitslose, einige Kleinkriminelle, meistens aber harmlose Spinner, die aus der Gesellschaft abgedriftet sind und irgendwann als Bodensatz landen werden."

„So, wie der Typ aus der Staustufe in der Rur?"

„Im Prinzip schon", bestätigte der Kommissar.

„Was machen so arme Schweine aber ausgerechnet auf der Wewelsburg in Ostwestfalen? Besaufen können die sich auch in Aachen, das wird doch viel billiger." Irgendetwas passte da nicht.

„Die Fragen haben wir uns natürlich auch gestellt", pflichtete mir Böhnke bei. „Warum treffen sich die Verlierer aus der Region Aachen mit denen aus Heinsberg und Düren 200 Kilometer weiter östlich mit Typen aus dem Großraum Paderborn, die übrigens ähnlich sozial strukturiert sind? Aber wir haben keine Antwort auf diese Fragen finden können."

„Gibt es denn einen Verein oder eine Vereinigung oder etwas Ähnliches in dieser Richtung?"

„Nein. Es handelt sich offenbar um einen lockeren Freundeskreis", klärte Böhnke mich sachlich auf, „einmal jährlich treffen sich die Kantonisten, diesmal ist die Wewelsburg der Treffpunkt gewesen."

„Und wer finanziert diesen Schwachsinn?"

„Sie behaupten, sie selbst", antwortete der Kommissar. Auch wenn es ihm schwer fiele, diese Behauptung zu glauben, so könne er den jungen Menschen nicht das Gegenteil nachweisen.

„Der Thiele gehörte aber nicht zu der Clique aus Paderborn? Oder?"

„Nein. Thiele ist ihnen nicht bekannt gewesen, sagen sie jedenfalls. Er sei abends angekommen, habe sich zu ihnen gesellt und mit ihnen gesoffen und sei dann plötzlich verschwunden", berichtete Böhnke von den ihm mitgeteilten Erkenntnissen.

Verschwunden war ein schlechter Ausdruck für einen Sturz aus einem Fenster in den Tod. Aber die Ausdrucksweise machte den jungen Mann auch nicht wieder lebendig.

„Finden Sie das nicht komisch, Herr Böhnke?", fragte ich.

„Komisch nicht, weil's nicht zum Lachen ist, aber sehr merkwürdig", entgegnete der Kommissar nüchtern. Aber das sei nicht sein Problem, das sei das Problem der Kollegen aus Paderborn und des ermittelnden Kommissars Dietrich, der sich auch schon nach den Typen aus der Aachener Ecke und dem Toten aus der Rur erkundigt hatte. Ich sollte noch einmal mit ihm sprechen, regte Böhnke an.

Das hatte ich ohnehin vor, dafür brauchte ich seinen Ratschlag nicht. Aber das sagte ich Böhnke besser nicht.

Das angenehm milde Klima, das ausnahmsweise einmal im Aachener Wetterloch herrschte, nutzte ich am nächsten Tag zu einer Radtour nach Merzbrück, nachdem ich Böhnkes Bekanntem mein Erscheinen angekündigt hatte. Ohne auf das Durchfahrtsverbot zu achten, fuhr ich durch das Tor auf den Verkehrslandeplatz Aachen-Merzbrück, wie der Flugplatz offiziell auf einem Schild bezeichnet wurde. Geradeaus steuerte ich auf den Tower zu, unter dem ich in dem flachen, roten Backsteinbau meinen Gesprächspartner finden sollte.

Der Mann in meinem Alter, der für die Flugüberwachung verantwortlich war, kam mir bekannt vor. Bereitwillig klärte er, der sich als Rüdiger Beckmann vorstellte, mich auf: „Wir sind doch zusammen zum Gymnasium gegangen. Weißt du das nicht mehr, Tobias?"

‚Blöde Frage', brummte ich in mich hinein. Als wenn ich mich an jede Nase erinnern könnte, die mir irgendwann einmal über den Weg gelaufen war. „Natürlich", sagte ich allerdings und lächelte Beckmann wissend an, als er mich in sein Büro führte.

„Aber nicht lange", klärte mich der ehemalige Klassenkamerad ungefragt auf. „Ich habe quasi die Klasse als Sitzenbleiber für zwei Jahre bereichert und mich dann eine Klasse tiefer neu orientiert."

Eine nette Umschreibung für ein schulisches Versagen, dachte ich mir. Aber es sei ja trotzdem noch etwas aus ihm geworden, tröstete ich Beckmann und wies auf das bescheidene Rollfeld, das er von seinem Bürofenster aus beobachten konnte.

„Bis Merzbrück hat es gerade noch gelangt", entgegnete er mit einem verlegenen Grinsen, „zu mehr aber nicht." Er bot mir einen unbequemen Stuhl vor seinem Schreibtisch an und machte es sich in seinem Sessel bequem. Endlich kam er zum Thema: „Was kann ich für dich tun, Tobias? Du bist ja ein richtig hohes Tier, wie mir mein Nachbar Böhnke geflüstert hat", fügte er respektvoll hinzu.

Ich ging auf die übertriebene Bemerkung nicht ein. „Ich bin auf der Suche nach Flügen, die ein gewisser Karl Schlingenhagen in den letzten Monaten von Merzbrück aus angetreten haben könnte", antwortete ich.

Beckmann überlegte kurz. „Den Namen habe ich noch nie gehört. Der Schlingenhagen hat bestimmt keine eigene Maschine. Oder?"

„Wahrscheinlich nicht", sagte ich. „Aber es gibt doch von Merzbrück aus bestimmt einen Charterflugbetrieb oder so etwas Ähnliches." Im Nachhinein dankte ich der unbekannten Ike für die Auskunft auf dem Paderborner Flugplatz.

„Es gibt eine Art Flugtaxi und Privatleute, die gelegentlich für Freunde Chauffeurdienste verrichten", klärte mich Beckmann auf. „Dabei sind selbstverständlich allen Möglichkeiten Tür und Tor geöffnet." Er deutete meinen fragenden Blick richtig. „Wir können hier auf dem Flugfeld nicht kontrollieren, ob ein gewisser Herr Müller tatsächlich auch den von ihm angekündigten Herrn Hinz mitnimmt oder stattdessen den Herrn Kunz. Wir sind auf die Informationen und die Redlichkeit der Piloten angewiesen und müssen ihnen glauben." So könne es also durchaus sein, dass ein Herr Schlingenhagen tatsächlich von Merzbrück als Passagier mitgeflogen sei, ohne dass es bei der Flugsicherung bekannt werde. „Wir notieren nur die Zahl der bei den Flügen angegebenen Personen. Der Aufwand, sie namentlich zu erfassen oder sogar zu kontrollieren, ist viel zu groß und personell nicht zu schaffen."

„Dann muss ich also alle Taxiflieger oder Privatpiloten interviewen in der Hoffnung, sie sagen mir die Wahrheit", folgerte ich enttäuscht.

So sei es, bestätigte Beckmann. „Wir registrieren hier in erster Linie die Starts und Landungen, aber nicht die Identität jedes Passagiers." Es seien ohnehin in der Regel immer dieselben Personen, die von Merzbrück abflögen, vornehmlich Geschäftsleute, einige Hobbyflieger und ein paar Lufttaxis. „Wir haben selten Gäste von auswärts."

Da war nicht viel zu machen, machte ich mir bewusst. „Könntest du mir denn einmal zeigen, wie das mit den Starts und Landungen von statten geht?", bat ich meinen vorübergehenden Klassenkameraden.

„Nichts leichter als das", sagte Beckmann mit sichtbarem Stolz. „Wird alles im Computer registriert und nach drei Monaten auf einer Diskette gespeichert." Er tippte auf verschiedene Tasten und sofort zeigte sich auf einem Bildschirm eine lange Liste. „Ich kann daraus beispielsweise entnehmen, dass die Maschine eines Printenfabrikanten vorgestern um sieben Uhr 35 mit dem Zielort Koblenz gestartet und um 16 Uhr 56 wieder gelandet ist." So seien alle Flugbewegungen auf dem Verkehrslandeplatz aufgezeichnet.

„Auch die vom Mittwoch vergangener Woche?", fragte ich neugierig. Vielleicht gab es ja einen Hinweis, den ich für einige meiner Konstruktionen gebrauchen konnte, die ich mir im stillen Kämmerlein ausgeheckt hatte.

„Kein Problem", behauptete Beckmann überzeugt. Schon Sekunden später hatte ich die Flugbewegungen des gewünschten Tages auf dem Bildschirm. „Viel ist nicht los gewesen", meinte Beckmann mit einem prüfenden Blick auf die Zeichenreihen.

Mich interessierten die Flüge in östliche Richtung, etwa nach Düsseldorf oder Köln, sagte ich ihm.

Beckmanns Augen huschten schnell über die Angaben zu den Abflügen, dann schüttelte er den Kopf.

„Die drei Starts zum Rhein gehen auf das Konto mir bekannter Piloten, die von Lohhausen oder Wahn bestimmt weiter geflogen sind. Da gibt's nichts Besonderes." Aber er habe noch einen weiteren Flug gen Osten im Angebot. „Hier", sagte er und tippte mit dem Zeigefinger auf eine Zeile auf dem Bildschirm. „Eine Cessna mit drei Personen an Bord, ein Flugtaxi. Wenn du willst, kannst du mit dem Piloten sprechen", bot er mir an und griff zu einem Zettel, auf dem er eine Telefonnummer notierte. „Er ist mit seinen Passagieren um acht Uhr nach Dortmund abgeflogen und erst spät am Abend zurückgekommen. Quasi auf den letzten Drücker, bevor wir hier dicht gemacht haben. Wir hatten den Schlüssel am Haupttor fast schon abgezogen."

Ich überlegte. „Jeder Flug muss also angemeldet werden und wird mit der Startzeit notiert", sagte ich. „Richtig", bestätigte Beckmann. Die Flugsicherung müsse doch wissen, wohin jemand unterwegs sei, wenn er aus dem Funkverkehr verschwinden sollte, was immer wieder einmal vorkommen könnte. Auch Änderungen während des Fluges müssten zur eigenen Sicherheit des

Piloten und der Passagiere mitgeteilt werden.

„Dann sind demnach in Dortmund die Landung und der Start zum Rückflug nach Merzbrück notiert worden?", hakte ich nach.

Wieder bestätigte Beckmann mich. „Wenn du willst, kontrolliere ich das", schlug er mir hilfsbereit vor, „ich brauche nur in Dortmund anzurufen." Offenbar war er stolz darauf, mir seine Arbeit ausführlich zeigen zu wollen, und ich sah keine Veranlassung, ihn daran zu hindern. Schaden könne es sicherlich nicht, meinte ich. Für mich als unbeleckter Laie sei es eine spannende und interessante Sache, einmal mitzuerleben, wie die Flugplätze untereinander vernetzt seien, behauptete ich.

Schnell griff Beckmann zum Telefon und sprach wenige Augenblicke später mit einem Kollegen aus Dortmund. Er nannte ihm die Flugdaten und runzelte erstaunt die Stirn, als er eine Antwort erhielt.

„Das ist merkwürdig", sagte er und sah mich verblüfft an. „Die Cessna ist nach dem angegebenen Zeitplan in Dortmund gelandet und eine halbe Stunde später wieder gestartet mit dem Zielort Merzbrück. Demnach müsste sie für die Strecke zurück über fünf Stunden benötigt haben. Das kann eigentlich nicht sein, da bist du mit einem Dreirad schneller."

„Wo finde ich den fliegenden Taxifahrer?", fragte ich entschlossen. „Er wird uns bestimmt die Bummelei erklären können. Vielleicht stand er ja über Düsseldorf im Stau", fügte ich scherzend hinzu. „Wie heißt er?"

„Josef Schauf", antwortete Beckmann, während er erneut zum Telefon griff.

Bedauerlicherweise war Schauf aber nicht zu erreichen. Er sei in einen Kurzurlaub geflogen, teilte uns der Anrufbeantworter in seiner Wohnung gelangweilt mit, und werde erst in einigen Tagen zurück erwartet. Der mürrischen Aufforderung, unsere Bitte nach dem Signalton aufs Band zu sprechen, kamen wir nicht nach.

‚Bis zu seiner Rückkehr hatten wir in Aachen schon mehr als einmal über die Hitzeglocke und die unerträglichen Temperaturen gestöhnt und unsere Anliegen vergessen‘, sagte ich mir und ließ mir von Beckmann die Erkennungszeichen der Cessna geben. „Die muss doch so etwas wie ein Nummernschild haben, denke ich mal. Oder?"

# Kaffeepause

Nachdenklich radelte ich nach Aachen zurück. In der Kanzlei atmeten die Kollegen einschließlich Fräulein Schmitz sichtlich erleichtert auf, als ich ankam.

„Unser Chef hat verdammt schlechte Laune, du musst ihn aufmuntern", erklärte mir Sabine den Grund für die ungewohnte, miese Stimmung im Büro.

Dieter hatte sich mit griesgrämigem Gesicht in seinen Schreibtischsessel verkrochen, als ich froh gestimmt in sein Zimmer eintrat. In der Hand hielt er einen Brief.

„Was ist? Hat mein Patenkind seinem Vater das Eis gestohlen?", fragte ich heiter, während ich mich lässig auf die Schreibtischkante hockte und vergnügt die Beine baumeln ließ.

„Schlimmer", bellte Dieter mürrisch. „Der alte Schlingenhagen beabsichtigt, seine Geschäftsbeziehung zu mir zu beenden. Ich hätte bei seinem Sohn Franz versagt und würde bei der Angelegenheit mit Karl wieder versagen. Er habe kein Vertrauen mehr zu mir und würde einen anderen Anwalt mit der Vertretung seiner Interessen beauftragen."

„Soll er doch", versuchte ich meinen Freund zu trösten, „der wird noch früh genug erkennen, was er an dir hatte. Dann kommt Schlingenhagen garantiert reumütig zurück."

Aber Dieter wollte meine Aufmunterung nicht annehmen. „Wenn sich herumspricht, dass Schlingenhagen mir nicht mehr vertraut, kann ich den Laden dicht machen. Stell' dir bloß vor, der Kerl erzählt in seinem Bekanntenkreis, ich sei ein Versager. Dann kann ich meine halbe Klientel abschreiben", stöhnte er.

„Wer vertritt Schlingenhagen jetzt?", fragte ich ruhig. Ich ließ mich von Dieters Verärgerung nicht beirren.

„Das hat er mir nicht geschrieben", antwortete mein Brötchengeber.

Ich atmete erleichtert auf. „Dann ist Holland noch nicht verloren. Wir werden also Schlingenhagen einen netten Brief schreiben und ihn um den Namen seines neuen Rechtsbeistandes bitten, damit wir mit dem Kollegen über eine Übernahme der vorhandenen Akten sprechen können. Dadurch gewinnen wir etwas Zeit, und vielleicht beruhigt sich der Alte auch wieder."

Sonderlich tröstend wirkte mein Vorschlag offenbar nicht auf Dieter, der zornig nickte. „Dann erledige das und lass' mich in Ruhe!", keifte er und warf mir den Brief von Schlingenhagen vor die Füße.

„Mache ich doch ausgesprochen gerne", sagte ich provozierend lässig und wechselte urplötzlich in eine strenge Tonlage: „Aber nur, wenn du deine Mitarbeiter nicht länger mit deinen Launen malträtierst. Lass sie gefälligst in Ruhe arbeiten!" Da sprach der nicht gewählte Betriebsratsvorsitzende in mir. Langsam drehte ich mich um und verließ den Raum, immer in der Erwartung, Schulz würde mir noch einen Zuckerwürfel hinterherwerfen. Den Brief ließ ich unbeachtet auf dem Boden liegen.

Ich hatte es mir kaum an meinem Schreibtisch bequem gemacht, da meldete sich auch schon störend das Telefon. Ziemlich ungehalten hob ich ab und war erstaunt, dass ich Kommissar Küpper aus Düren in der Leitung hatte.

Es sei schon merkwürdig, dass wir immer bei kriminellen Anlässen miteinander ins Gespräch kämen, meinte er zur Begrüßung. Er erinnerte mich damit weniger an meine eigene Vergangenheit als viel mehr an die Morde vom Tivoli, bei deren Aufklärung er mir in einem Akt der Wiedergutmachung maßgeblich geholfen hatte.

„Haben Sie etwas für mich?", fragte ich neugierig.

„In gewisser Weise schon", antwortete der Kommissar, „wenn es sich auch nicht um weltbewegende Neuigkeiten handelt."

Ich vermutete insgeheim, er würde mich über diejenigen Fakten informieren wollen, die ich bereits kannte, und ich behielt recht.

Küpper kam in der Tat auf die Namensliste zu sprechen, die ich ihm im Schlosscafé gegeben hatte. „Das sind alles arme Schlucker", bestätigte er mir und mir kam das Gesagte so ziemlich bekannt vor. „Zum Teil Arbeitslose, einige Sozialhilfeempfänger, Gelegenheitskriminelle, die sich zu einer Form von Solidargemeinschaft zusammengeschlossen haben, deren Struktur wir noch nicht durchschauen." Es handele sich bei den jungen Menschen allesamt um Zeitgenossen, die sich im Rahmen der gesetzlichen Spielregeln verhielten, von einigen wenigen Ausnahmen einmal abgesehen. „Da gibt es aus polizeilicher Sicht nichts Auffälliges", behauptete der Kommissar überzeugt, bevor er sich rasch mit dem Hinweis auf ein anderes, dringendes Dienstgespräch verabschiedete. Er werde sich aber wieder melden, wenn er weitere Neuigkeiten für mich hätte, versicherte Küpper.

‚Nett, dass der Bernhardiner an mich gedacht hatte‘, sagte ich mir, auch wenn er mir keine Neuigkeiten verraten hatte. Aber offensichtlich schien er sich immer noch einer Schuld mir gegenüber bewusst.

Nachdenklich machte ich mir eine Gesprächsnotiz und legte den Zettel zu den anderen, die sich in der Schreibtischschublade angesammelt hatten. Es würde nicht mehr lange dauern und ich konnte meine Puzzlesteinchen zu allen möglichen Kombinationen zusammensetzen. Aus der Erfahrung wusste ich, dass man nichts im Leben ausschließen durfte. Wer konnte etwa behaupten, dass keiner der auf der Liste verzeichneten Kerle etwas mit dem Anschlag auf mich zu tun hatte? Ich jedenfalls nahm alle Möglichkeiten so lange an, so lange nicht ausdrücklich das Gegenteil bewiesen war.

Mein Blick fiel zufällig auf meine Notiz zur Liebesinsel, auf der Roswitha sterben musste. Die Notiz erinnerte mich an den Kommissar aus Paderborn, der mir vielleicht ein weiteres Steinchen für mein Puzzle verschaffen konnte.

Der Polizist schien sogar erfreut, als ich ihn anrief. „Schön, Sie zu hören", sagte Dietrich. Ich würde ja einen gehörigen Wirbel veranstalten wegen der Namensliste. Er habe deswegen bereits Anfragen aus Aachen und Düren erhalten. „Und wissen Sie, was? Die Typen aus meiner Region gehören zur gleichen sozialen Gruppe. Das ist alles unterste Schublade, aber noch nicht krimineller Bodensatz."

„Der aber irgendwie an einem mysteriösen Todesfall auf der Wewelsburg beteiligt war", gab ich zu bedenken.

„Irgendwie bedeutet für uns bisher nach den Ermittlungen eher zufällig", entgegnete der Kommissar. Selbstverständlich könne er nicht mit absoluter Sicherheit ausschließen, dass jemand beim Sturz von Thiele aus dem Fenster nachgeholfen hätte, aber es sei nicht zu beweisen und nur eine von vielen nicht zu beweisenden Varianten.

Ich schwieg. Anscheinend spielte der Kommissar mein Kombinationsspiel nicht weniger schlecht als ich.

Er beendete die Gesprächspause. Ob er mir helfen könne?, fragte Dietrich höflich. „Oder wollten Sie mir etwa nur einen anstrengenden Arbeitstag wünschen?"

Ich hätte in der Tat ein Anliegen, bekannte ich und berichtete von meinen Nachforschungen in Merzbrück. „Ich weiß, es ist nur eine vage Vermutung, aber es könnte ja sein, dass die Cessna von Dortmund aus zuerst nach Paderborn geflogen ist und dann von dort zurück nach Aachen."

„Vermutungen sind dazu da, dass jemand sie äußert und jemand ihren Wahrheitsgehalt überprüft", bemerkte der Kommissar bereitwillig und ließ sich von mir die Identifikationsnummer des kleinen Fliegers geben. „Wenn Sie wollen, können Sie mein Gerede mithören", bot er mir an, „ich spreche auf der anderen Leitung mit der Flugkontrolle in Ahden. Die Kollegen dort sind sehr entgegenkommend."

Gerne begab ich mich in die Zuhörerrolle und bekam mit, wie Dietrich sich in einer sehr humorvollen Tonlage mit einem Mitarbeiter der Flugüberwachung des Paderborner Flughafens unterhielt. Anscheinend hielt das Gespräch für den Kommissar eine große Überraschung bereit. „Aha", bemerkte er mehrmals erstaunt, „das ist ja sehr interessant." Schließlich bat er seinen Gesprächspartner noch einmal, die Fakten zu wiederholen.

„Und daran gibt es keine Zweifel?", fragte er, um sich noch einmal zu vergewissern, und offenbar wurde er beruhigt.

„Was ist?", fragte ich neugierig, als der Kommissar das Telefonat beendet hatte.

„Ich glaube, es gibt Arbeit für uns, Herr Grundler", antwortete Dietrich nachdenklich. „Ich will gar nicht wissen, warum Sie immer ins Schwarze treffen, aber Sie haben wieder mitten hineingeschossen."

„Wieso?", fragte ich drängelnd. Ich konnte es absolut nicht leiden, wenn mich jemand mit Floskeln auf die Folter spannte.

Endlich kam der Kommissar zur Sache. „Weil die Cessna aus Aachen tatsächlich vom Flughafen Dortmund zum Flughafen Paderborn-Lippstadt geflogen ist. Hier hat der Pilot eine Kaffeepause eingelegt und ist dann zu seinem Heimatplatz zurückgeflogen."

„War er alleine in der Maschine oder hatte er Begleiter?" Langsam kam Bewegung in die Geschichte, so hoffte ich jedenfalls.

„Das ist nicht bekannt", antwortete Dietrich zu meiner Enttäuschung. „Der Pilot hat keinen Zielflug gemacht. Deshalb wurde auch die Zahl der Passagiere nicht vermerkt." Der Kommissar atmete tief durch. „Tatsache ist aber, dass hier in Paderborn das von Ihnen beschriebene Flugzeug aus Aachen gelandet ist, das bei seinem Abflug als Zielort Dortmund angegeben hatte und das in Dortmund den Weiterflug nach Paderborn verschwieg." Mit dieser Information ließe sich bestimmt etwas machen, meinte er. „Oder glauben Sie etwa nicht?"

„Bestimmt", pflichtete ich ihm bei. „Das ist frisches Wasser auf die Mühle meiner Vermutungen."

# Glücksritter

Irgendetwas fehlte mir zu meinem Wohlbefinden. Unruhig lief ich am Sonntagmorgen durch Sabines Apartment. Wir hatten einen angenehmen Abend und eine schöne Nacht verbracht, doch jetzt, nach dem Duschen und dem Frühstück, war ich nervös und unstet. Ich nerve, hatte meine Liebste mir vorwurfsvoll ins Ohr geflüstert, ich solle mich besser wieder ins Bett legen und warten, bis mein Anfall vorüber sei. Doch dafür hatte ich überhaupt keinen Sinn, ich fühlte

mich eingeengt, voller Energie, die ich nicht loswerden konnte. Ich rätselte noch an den Ursachen herum, als das Telefon klingelte.

Sabine hob ab und erwiderte lachend den Gruß ihrer Zwillingsschwester. „Hast du auch eine nutzlose Nöhltüte in deiner Wohnung?", fragte sie vergnügt und grinste mich dabei frech an.

Mürrisch wandte ich mich ab und starrte durchs Fenster hinunter auf den Adalbertsteinweg, auf dem sonntagsgemäß wenig Verkehr herrschte. Ich wollte mir den Unfug nicht anhören.

Unbemerkt hatte sich Sabine genähert und von hinten ihre Arme um mich geschlungen. „Dieter geht es genauso wie dir. Ihr seid einfach körperlich zu fit. Do und ich, wir haben beschlossen, dass ihr, Dieter und du, euch auf die Fahrräder schwingt und eure überschüssige Energie aus dem Körper strampelt. Vor heute Abend wollen wir euch nicht mehr sehen." Sie biss mir zärtlich in den Nacken. „Dieter ist schon unterwegs zu deiner Wohnung. Ich bringe dich schnell dahin."

Die Diagnose unserer Frauen stimmte, die Therapie wirkte in der Tat.
Dieter und ich radelten wie verrückt los und fühlten uns einfach wohl. In die Eifel wollten wir, so hatten wir uns vorgenommen, und so ließen wir die Rennräder südwärts aus Aachen hinaus rollen. In Anlehnung an die Devise der Jogger „Laufen, ohne zu schnaufen" schlugen wir ein Tempo ein, bei dem wir uns noch gut unterhalten konnten, dass uns zugleich aber auch vorwärts brachte.
„Hat sich eigentlich schon Schlingenhagen senior bei dir gemeldet?", fragte ich Dieter.
Er verneinte. „Ich glaube inzwischen, dass war nur eine Kurzschlusshandlung von ihm. Wenn er bis morgen nicht auf meinen Brief geantwortet hat, werde ich ihn anrufen." Dieter gab sich überzeugt. „Das wäre doch gelacht, wenn wir ihn nicht bei der Stange halten können."
Ich war mir nicht so sicher. „Wenn nichts passiert, bist du ihn los", behauptete ich pessimistisch. „Der

Senior braucht sich nur mit Karl dem Großen zu versöhnen und dessen Anwalt zu nehmen." Karl sei immerhin der Einzige, der dem Alten aus der Familie geblieben sei. „Bei allen Unverständnis und Ärger. Er ist immer noch Vater."

Dieter fluchte bei dem Gedanken, sich mit dem schrägen Juristen Stippach auseinandersetzen zu müssen. „Das würde mir zu meinem Glück fehlen. Dann ziehe ich aber alle juristischen Register, darauf kannst du gefasst sein. Bevor der Blutsauger Schlingenhagen ausnimmt, mache ich ihn fertig", redete er sich ein.

Der Dank der Anwaltskammer wäre Dieter gewiss. „Du bekommst bestimmt den besten Strafverteidiger, der in Aachen herumschwirrt, wenn du ihn meuchelst", entgegnete ich ironisch. Wen ich damit meinte, brauchte ich meinem Freund nicht zu sagen. Ich würde bestimmt das Beste für ihn herausholen.

Die Zeit verging wie im Fluge. Ehe wir uns versahen, waren wir nach etlichen Kilometern am Nachmittag in Monschau angekommen, wo wir mit viel Mühe im Touristengewimmel einen Platz in einem Restaurant bekamen. Wir waren froh, als wir nach einem genüsslich verspeisten Salatteller das hektische Treiben wieder hinter uns lassen konnten. Völkerverbindend fotografierte ich noch ein paar Niederländer mit dem Roten Haus im Hintergrund, dann endlich schoben wir unsere Räder durch die Menschenmenge bergauf am Amtsgericht vorbei zum Ortsausgang.

Auf meinen Vorschlag hin fuhren wir nach Imgenbroich und von dort nach Huppenbroich. Ich hatte die vage Hoffnung, dort vielleicht auf Böhnke zu treffen. Es hätte ja sein können, dass er das Wochenende im umgebauten Hühnerstall seiner Freundin verbrachte. Aber ich hatte mich getäuscht, was mir Dieter aber nicht übel nahm. Er hatte das Fahrrad auf der gegenüberliegenden Seite der Kapellenstraße vor dem Feuerwehrgerätehaus an die Buchenhecke gelehnt und nestelte in seiner Gürteltasche nach einer Telefonkarte. Auf sein Handy hatte mein Freund heute zu meiner Freude verzichtet, weil er nicht wollte, dass wir auf unserer Tour gestört wurden.

Dieter deutete auf die Telefonzelle und erklärte mir, er würde mal kurz zu Hause anläuten und unsere Rückkehr in spätestens zwei Stunden in Aussicht stellen. „Die sollen schon einmal die Sachen für den Grill fertigmachen", sagte er zufrieden.

Jetzt habe er ein Vorschlagsrecht, meinte er nach dem Telefonat und regte an, von Huppenbroich auf dem schmalen Schleichweg nach Simmerath zu fahren und von dort über die Nebenstrecke nach Aachen.

Die kurvenreiche Fahrt bergab durch das Tiefenbachtal war nicht gerade einfach, als es dann aber vom

Tal aus steil aufwärts in Richtung Simmerath ging, kamen wir gehörig ins Schwitzen und außer Atem. Diese hochprozentigen Anstiege waren nur mit großer Willenskraft zu bezwingen. Wir schnappten beide heftig nach Luft, als wir endlich in Simmerath angekommen waren und durch die Wohnstraßen ins Zentrum fuhren. Als wir auf der leicht abschüssigen Hauptstraße unterwegs waren, schlug ich Dieter einen kleinen Abstecher ins Kalltal vor.

Doch er sah überhaupt keine Veranlassung, auf meine Empfehlung zu reagieren. Er steuerte zielsicher die Nebenstrecke in Richtung Aachen an, die uns auf größtenteils passablen, nicht zu steilen Straßen über Lamersdorf, Zweifall und Breinig nach Kornelimünster brachte.

Es sei noch Zeit für eine Kaffeepause, meinte ich und fand glücklicherweise vor der idyllischen, historischen Kulisse auf dem Korneliusmarkt noch zwei freiwerdende Plätze vor einem Straßencafé, das mit dem Namen Napoleon wohl Geschichte ausstrahlen sollte.

Dieter willigte sofort ein, wir stellten die Räder an einem Blumenkübel ab, lehnten uns in den bequemen Sesseln zurück und ließen uns von den Sonnenstrahlen wärmen.

„Hier in der Nähe muss doch Karl Schlingenhagen wohnen", bemerkte ich beiläufig, während ich die vielen Fußgänger musterte, die sich im Gedränge schiebend an den alten Häusern begeisterten.

„Wenn er im Lande ist, soll er tatsächlich hier wohnen", entgegnete Dieter gelangweilt. „Aber er ist nicht im Lande, sonst hätte er längst auf meinen Brief geantwortet."

Ich grinste meinen Freund an. „Der Junior hat nicht darauf reagiert, wohl aber der Senior." Erneut ließ ich meinen Blick über den Platz schweifen und beobachtete die flanierenden Menschen. Plötzlich hatte ich eine Erscheinung, die ich eigentlich nicht haben durfte. Aber obwohl

ich die Augen zusammenkniff und mich konzentrierte, die Erscheinung blieb bestehen.

„Schau mal!" Ich stieß Dieter an und deutete auf die gegenüberliegende Straßenseite. „Den Typen kennst du auch."

Dieter blickte angestrengt in die von mir vorgegebene Richtung und nickte heftig. Auch er hatte eindeutig den Zuhältertypen wiedererkannt, der uns mit dem inzwischen verblichenen Zottelbär Münstermann in Fröndenberg begegnet war. „Den packen wir uns", sagte er entschlossen. „Der hat uns bestimmt einiges zu erklären."

Wir sprangen auf und eilten über das Pflaster, stets den Zuhälter im Blick, der sich gestenreich mit einem anderen Kerl unterhielt. Anscheinend hatten wir uns doch nicht unauffällig genug genähert, jedenfalls erkannte er uns, zerrte seinen Begleiter am Ärmel mit und verschwand mit ihm fluchtartig ums Eck über den Benediktusplatz.

„Mist!", fluchte ich und rannte auf dem glatten Kopfsteinpflaster los.

Dieter, der mir folgen wollte, wurde von einigen Fußgängern aufgehalten, während ich andere wie Slalomstangen umkurven konnte, sodass ich bald alleine auf der Verfolgung der beiden Typen war.

Ich entdeckte sie am anderen Ende des Platzes, von dem sie nach rechts in die Korneliusstraße abbogen. Als ich an der Ecke ankam, musste ich zusehen, wie der Zuhälter gerade auf den Beifahrersitz eines Sportwagens kletterte, den sein Kamerad anscheinend schon gestartet hatte.

Ich lief schneller, um wenigstens noch das Kennzeichen sehen zu können. Aber ich kam zu spät, ich war noch zu weit weg, als der dreckige Wagen mit quietschenden Reifen vom Straßenrand stob und davonbrauste.

Ich stützte mich auf meinen Knien ab und atmete erschöpft. ‚Das war bestimmt die Kiste gewesen, die uns an der Hohensyburg und an der Rheinfähre entgegengekommen war', dachte ich mir ärgerlich.

„Was ist?" Keuchend stand Dieter neben mir.

„Nichts", antwortete ich ärgerlich. „Der Scheißkerl ist mit dem anderen entwischt."

„Du rufst sofort deinen Freund Böhnke an", schlug Dieter hastig vor, „vielleicht kann er eine Fahndung organisieren. Die beiden müssen doch Dreck am Stecken haben. Warum sollten sie sonst vor uns abhauen?" Er sah sich interessiert um und pfiff dann erstaunt durch die Zähne. „Weißt du eigentlich, wo wir sind?"

„Sage jetzt bloß nicht, in Kornelimünster", warnte ich meinen Freund gereizt. „Das weiß ich selber."

Dieter blickte mich triumphierend an. „Du Blödmann hast noch nicht einmal bemerkt, dass der Sportwagen vor dem Haus stand, in dem Karl Schlingenhagen seine Wohnung hat."

Für einen Moment war ich verdutzt, dann arbeiteten wieder die Zahnrädchen in meinen Gehirnzellen. „Du meinst also, einer der beiden Typen könnte Karl Schlingenhagen gewesen sein?"

„So kann es sein, mein Freund."

„Und wer war der andere?"

„Das findet hoffentlich Böhnke heraus. Rufe ihn endlich an!" Dieter hatte aus der kleinen Tasche die Telefonkarte gezogen. Er überlegte kurz, dann erinnerte er sich daran, dass an der Ecke am Abteigarten eine Telefonzelle sein musste.

Im Dienst war der Kommissar nicht, wie mein erfolgloser Anruf im Polizeipräsidium ergab. Ich versuchte mein Glück mit seiner Privatnummer und bekam die gewünschte Verbindung.

Viel könne er nicht für uns machen, enttäuschte mich Böhnke. Mein Bericht reiche nicht für eine Fahndung aus. „Dann müssten wir jeden Tag nur noch auf Treibjagd gehen", übertrieb er maßlos. Er würde jedoch gerne privat nach Kornelimünster kommen und sich vor Ort informieren, bot er mir an. Wir sollten auf ihn warten, bat er uns. „Von mir aus trinken Sie ein Mineralwasser auf meine Kosten", schlug er vor und nannte uns ein Café im Zentrum als Treffpunkt. Es werde wohl etwas länger dauern, warnte er vor.

Böhnke machte sich erst gar nicht die Mühe, auf dem Parkplatz vor der Propsteikirche nach einem Abstellplatz für seinen Wagen zu suchen. Er hatte keine Hemmungen, sein Auto zum Unmut der Passanten direkt vor dem Café im Halteverbot abzustellen, als er nach einer dreiviertel Stunde endlich erschien.
„Ich habe noch einen Abstecher ins Büro machen müssen", entschuldigte er bei seiner Begrüßung sein spätes Kommen. „Aber vielleicht lohnt er sich auch für Sie." Er setzte sich zu uns an den Tisch.
„Kennen Sie den Mann?", fragte er unvermittelt, während er uns ein Polaroidfoto zeigte. „Das habe ich gerade im Präsidium geholt."
„Den kenne ich, wenn auch ohne Namen", antwortete ich, nachdem ich das Bild betrachtet hatte. Es zeigte eindeutig den unsympathischen Zuhälter.

Dieter pflichtete mir bei. „Wer ist das", fragte er Böhnke interessiert.

„Das ist Karl Schlingenhagen."

„Wie bitte?" Ich glaubte, mich verhört zu haben. „Das soll Karl Schlingenhagen sein?"

Wie konnte der bloß unbehelligt durch seinen Wohnort laufen, wenn er der Polizei erkennungsdienstlich bekannt war? Jedermann hatte behauptet, er sei unauffindbar, und wir hatten es wie selbstverständlich geglaubt. Dabei tanzte er uns quasi auf der Nase herum.

„Wir können doch nicht nach jedem Menschen fahnden, dessen Gesicht Ihnen nicht passt, Herr Grundler", antwortete der Kommissar. Es würde ja nicht wegen einer kriminellen Handlung gegen Schlingenhagen ermittelt. „Wenn Sie ihn so dringend aufspüren wollten, hätten Sie einen Privatdetektiv auf ihn ansetzen müssen, mein werter Freund."

Ich winkte ungehalten ab. „Woher haben Sie denn das Bild?", fragte ich spontan.

Böhnke bat lächelnd um Verständnis dafür, dass er nicht alle seine kleinen Geheimnisse ausplaudern wollte. Dennoch kam er uns mit einer Erklärung entgegen. „Das Polaroid ist das Abfallprodukt einer Prügelei vor einem Jahr. Schlingenhagen war Zeuge, nachdem wir zunächst irrtümlich davon ausgegangen waren, er sei ein Beteiligter gewesen."

‚Interessant', dachte ich mir, ‚so kommst du ohne dein Wissen in eine Verbrecherkartei, ohne ein Verbrecher zu sein.'

„Warum haben Sie das Bild aufbewahrt?", hakte ich neugierig nach.

„Man kann nie wissen", antwortete der Kommissar zweideutig und ließ es dabei bewenden.

Mir kam ein Einfall. „Waren an der Prügelei vielleicht einige der Kerle beteiligt, deren Namen sich auf der Liste aus der Wewelsburg befinden?"

Jetzt war Böhnke verblüfft. „Wie kommen Sie darauf?"

„Man kann nie wissen", wiederholte ich grinsend seine Antwort.

Böhnke machte sich eine Notiz auf der Rückseite des Polaroids. „Das werde ich als Erstes nachprüfen."

Der Kommissar schaute sich aufmerksam um, als wir uns auf den Weg zu Schlingenhagens Wohnung machten. Vier Namensschildchen gab es an der Eingangstür des Neubaus, auf drei standen Namen, das vierte, sicherlich das für Karl Schlingenhagen vorgesehene, war leer. Böhnke dachte nicht lange nach. Ohne Zögern drückteer auf einen Klingelknopf und lächelte kurz, als das Türschloss mit einem leichten Schnarren aufsprang. „Bitte folgen", forderte er uns leise auf. „Aber halten Sie die Klappe. Hier stelle ich die Fragen, sonst niemand." Er sah mich streng an. »Verstanden?«

Ich hob beschwichtigend die Arme. Als ob ich mich in die Arbeit des Polizisten einmischen würde. Gespannt folgte ich Böhnke durch das helle Treppenhaus des modernen Gebäudes.

Das Haus machte einen gepflegten Eindruck, wirkte nicht wie ein Mietshaus, für das die Bewohner keine Verantwortung trugen. Hier bemühte sich die Hausgemeinschaft, das Gebäude sauber zu halten.

Eine Frau Mitte 60 lugte vorsichtig aus einer Wohnungstür hervor. Wer wir seien und was wir wollten, fragte sie misstrauisch durch den Türschlitz hindurch. Sie hatte die Tür durch eine Sicherungskette abgesperrt und musterte uns aufmerksam. Wir waren sicherlich ein ungewöhnliches Trio, Böhnke in Polohemd und Jeans, Dieter und ich in Trikots und Radlerhosen, aber das konnte doch kein Grund sein, uns zu mustern wie Kälber auf einer Viehauktion.

Böhnke lächelte die Frau gewinnend an, stellte sich höflich vor und nannte uns seine Begleiter. Bereitwillig hielt er der Seniorin den Dienstausweis entgegen, den sie nahm und ausgiebig studierte, ehe sie ihn zustimmend zurückgab.

„Was kann ich für Sie tun, Herr Kommissar?", fragte sie beruhigt. Dieter und mich nahm sie nicht zur

Kenntnis. Sie machte keine Anstalten, die Sicherungskette zu lösen und ließ uns im Treppenhaus stehen.

Mich wunderte die Frage. Üblicherweise fragen Menschen in einer derartigen Situation besorgt danach, ob etwas passiert sein.

Böhnke musste erneut lächeln. „Wohnt in diesem Haus Karl Schlingenhagen?"

Sofort änderte sich die Miene der Frau. Unmut machte sich in ihrem Gesicht bereit. „Der wohnt hier. Oben rechts und das gesamte Dachgeschoss."

Ihrem Tonfall entnahm ich, dass sie Schlingenhagen nicht gerade zu ihren besten Freunden zählte.

Die Seniorin lachte kurz auf. „Wenn man das überhaupt wohnen nennen kann. Manchmal ist Schlingenhagen wochenlang weg. Dann lässt er den Hausflur von seiner Nachbarin putzen."

Was Schlingenhagen tue und wo er zu finden sei, fuhr Böhnke fragend fort.

Die Antworten konnte ich mir denken, und die Frau enttäuschte mich nicht. „Der tut überhaupt nichts", sagte sie verbittert, „der lungert nur nichtsnutzig herum. Wissen Sie nicht, dass das der Sohn des Aachener Fabrikanten Schlingenhagen ist?"

Der Kommissar tat erstaunt. „Tatsächlich?"

Die Frau nickte in ihrem Türschlitz. „Es ist so."

„War er denn die letzte Zeit hier?"

„Nicht immer", bekam Böhnke zur Antwort. „Aber er hatte Besuch. Auch so ein schräger Vogel wie er selbst. Der war mit seinem Sportwagen hier und hat mehrere Tage im Haus übernachtet. Ich glaube, sie sind vor einer knappen Stunde weggefahren."

Ob sie den anderen Mann kenne, wollte der Kommissar wissen, doch musste die Frau bedauernd ablehnen. Sie könne allenfalls eine ziemlich genaue Beschreibung abgeben.

„Der ist so auffällig, den erkenne ich überall wieder. Der Mann habe immer schwarze Lederkleidung getragen, Stiefel, Hose, Jacke und Hut. »Dann hatte er langes rotes, gewelltes Haar und eine extrem wulstige Unterlippe. Er ist ungefähr so alt wie Schlingenhagen." Mehr wisse sie nicht, mehr könne sie nicht sagen. Falls ihr noch etwas einfiele, würde sie gerne Böhnke anrufen, bot die Seniorin an.

Wir wollten uns verabschieden, als die Haustür geöffnet wurde. Ein biederes Ehepaar in den Vierzigern trat ein und sah uns erstaunt an.

Wir seien von der Polizei, kam uns die Nachbarin zuvor, und wollten etwas über den Schlingenhagen wissen.

Der Mann, wahrscheinlich Postbeamter oder Bankangestellter, konnte sich ein schadenfrohes Grinsen nicht verkneifen. „Haben Sie diesen nutzlosen Glücksritter endlich am Schlafittchen?"

„Wieso denn?", fragte ich ungeniert und steckte ungerührt den mahnenden Blick von Böhnke ein. „Hat er etwas angestellt?"

„Bei dem weiß man nie", antwortete der Hausbewohner. „Ich möchte wissen, wovon der lebt. Der kann nicht ganz sauber sein, auch wenn er Fabrikantensohn ist." Der Mann redete sich in Fahrt und plauderte ungefragt weiter. „Der machte nichts und lebte in den Tag hinein. Und der Typ, der zu Besuch ist, ist nicht besser. Das ist nur eine Frage der Zeit, bis die auffallen."

„Kennen Sie den Besucher?", hakte Böhnke nach.

„Kennen ist zu viel gesagt. Ich weiß nur, dass er hier ein und aus ging. Sonst hatte Schlingenhagen fast nie Besuch, jedenfalls haben wir den nie mitbekommen. Aber dieser Kerl ist mir sofort aufgefallen", sagte der redselige Mann. Er schluckte. „Unangenehm, denn er hat seinen Wagen direkt vor dem Haus auf meinen Parkplatz abgestellt. Als ich ihn bitten wollte, den Wagen wegzufahren, hat mich der Widerling auch noch angepöbelt."

Ich hörte aufmerksam zu. Der Mann hatte tatsächlich etwas zu sagen.

„Können Sie ihn beschreiben?", fragte Böhnke vorsichtig.

Der Mann nickte. „Kein Problem. Er war immer ganz in Leder gekleidet, nur schwarzes Zeug und hatte langes, rotes Haar."

„Und eine dicke Unterlippe." Zum ersten Mal hatte sich die Gemahlin in das Gespräch eingeschaltet. „So eine wulstige Lippe habe ich noch nie gesehen."

„Der war nicht von hier", ergänzte ihr Gatte. „Nach dem Autokennzeichen zu urteilen, kommt er aus Paderborn. Der fuhr so einen japanischen Sportwagen als billigen Porsche-Verschnitt."

„Und er rauchte immer so stinkende Zigaretten", mischte sich die Gemahlin wieder ein und erntete dafür einen lobenden Blick des Gatten.

„Das hätte ich glatt vergessen", fügte er stolz hinzu, „er rauchte Roth-Händle." Das wisse er, weil der Kerl die leeren Schachteln rücksichtslos in den Hausflur geworfen habe. Was denn mit den beiden Kerlen sei, fragte er neugierig.

Doch wiegelte Böhnke ab. „Es handelt sich um eine reine Routineuntersuchung." Mit seinem wahrscheinlich erfolglosen Anliegen, das Gespräch als vertraulich zu erachten, verabschiedete er sich und lief schnell auf die Straße.

„Warum so eilig?", fragte ich verwundert, als wir zurück zum Benediktusplatz gingen. „Die haben doch wunderbar geplaudert."

„Die haben so wunderbar geplaudert, dass es mir schon unheimlich wurde", entgegnete Böhnke. „Wenn ich zu viel erfahre und mein Wissen bei späteren Ermittlungen auswerten wollte, könnte ich eventuell Probleme mit gewieften Strafverteidigern bekommen." Er grinste mich böse an. „Wenn Sie wissen, was ich meine."

Ich musste ihm beipflichten. Die deutsche Strafprozessordnung hätte dem Kommissar vielleicht einen Strich durch die Rechnung machen können, wenn er die heutigen Ergebnisse einmal in einem Verfahren verwenden wollte. Da war es schon ratsam, jetzt nicht alles aus den Hausbewohnern auszuquetschen, sondern sie im Laufe möglicher Ermittlungen noch einmal zu besuchen.

Aber auch so hatten wir genügend Anhaltspunkte. Anscheinend war Zuhälter Karl mit einer in Leder gekleideten Dicklippe aus Paderborn unterwegs; nicht gerade auf der Flucht, wie ich annahm, aber zumindest so weit von mir erschreckt, dass er das Weite suchte.

Ob das sein neuer Freund sei, nachdem der Zottelbär sich am Rurwasser verschluckt hatte, fragte ich ironisch, aber weder Böhnke noch Dieter gingen auf meine Frage ein.

„Schlingenhagen kommt in der nächsten Zeit bestimmt nicht zurück nach Kornelimünster", sagte Dieter nachdenklich. Er dachte dabei in erster Linie an seinen Brief, auf den er eine Antwort erwartete.

Ich hingegen dachte an ganz andere Dinge. Auch wenn mir meine beiden Begleiter nicht glauben würden, mich hatte die Unterhaltung im Hausflur bei meiner Suche nach Ganoven ein großes Stück weiter gebracht.

# Bauern

Mir schwante Ungemach, als ich am Montag zu Dienstbeginn die umfangreiche Post sortierte und darin gleich zwei Schreiben des dubiosen Kollegen Stippach vorfand. Ich hätte darauf wetten können, was sich in den Umschlägen befand, aber ich sah keinen Partner, der dagegen halten würde. Dieter wollte ich nicht sofort informieren. Nicht ohne Grund hatte ich die tägliche Postdurchsicht in der Kanzlei übernommen. Die häufigen Verunglimpfungen und verbalen
Attacken auf meinen Freund, die für mache Strafanzeige wegen Beleidigung ausgereicht hätten, filterte ich aus. Dieter bekam sie nicht zu Gesicht und konnte daher gegebenenfalls unbefangen mit den Absendern verhandeln, was für seine Verhandlungsposition sicherlich nicht
schlecht war.
In seinem ersten Brief kündigte der berufsmäßige Rechtsanwender die Übernahme des Mandates für Schlingenhagen senior an. Selbstverständlich würde

er eine Vollmachtserklärung nachreichen, schrieb er und forderte uns alsdann auf, unverzüglich sämtliche Unterlagen, die

Schlingenhagen betrafen, an ihn auszuhändigen. Er würde schon am Nachmittag seine Sekretärin in unsere Kanzlei schicken, um die Dokumente abzuholen. ‚Nur nicht so schnell, du Arsch, deine Tussi fliegt hochkant aus dem Büro‘, dachte ich zornig. ‚Du kannst erst dann die Papiere bekommen, wenn Dieter von deiner Forderung weiß.‘ Und ich würde dafür sorgen, dass er nicht vor morgen mit dieser misslichen Angelegenheit behelligt würde. Einen Tag Umlauf im Kanzleibetrieb, bis die wichtige Post letztendlich beim Chef landete, das musste drin sein.

Zwischenzeitlich würde ich versuchen, Schlingenhagen zu erreichen, nahm ich mir vor.

Ich rief Sabine zu mir und gab ihr Anweisungen, in regelmäßigen Abständen bei dem Unternehmer anzuläuten und eventuelle Nachfragen des Winkeladvokaten Stippach bei Dieter unverzüglich auf meine Leitung durchzustellen.

Der zweite Brief hatte die Erbschaftsangelegenheit der Schlingenhagens zum Inhalt. Wir sollten uns gefälligst darin nicht einmischen, empfahl uns Stippach unhöflich. Sie sei eine rein private Angelegenheit zwischen Vater und Sohn, wir sollten tunlichst unterlassen, diese Vereinbarung zu hintergehen. Für den Fall, dass wir die beiden Schlingenhagen weiter mit unserem unerwünschten Einschreiten belästigen würden, kündigte der Paragraphenpenner allen Ernstes, aber mich überhaupt nicht beeindruckend, rechtliche Schritte gegen uns an.

‚Das kann ja heiter werden', kam mir in den Sinn. Ich würde es auf einen Prozess ankommen lassen. Es würde bestimmt interessant, wie das Gericht und damit zwangsläufig in einer Verhandlung auch die Öffentlichkeit reagieren würden, wenn sich Juristen wegen der Vermögensverwaltung eines Unternehmers keilten. Aber dazu würde es mit großer Wahrscheinlichkeit nicht kommen. Dafür war Schlingenhagen senior zu sehr auf Diskretion bedacht. Er würde den vermaledeiten Kollegen sicherlich zurückpfeifen.

Zur Behebung meiner nicht gerade zufriedenen Stimmung trug Kommissar Böhnke keinesfalls bei, als er mich wenige Minuten später anrief. Er sei mir noch eine Antwort schuldig, sagte er jovial, und nach kurzem Überlegen fiel es mir wieder ein.

„Bei der Prügelei, von der das Polaroid von Karl Schlingenhagen stammt, haben tatsächlich einige Kerle mitgemischt, deren Namen auf der Liste stehen", berichtete der Kommissar, „unter anderem auch Ferdinand Münstermann, der in Düren ums Leben gekommen ist."

„Welch ein Zufall", kommentierte ich ironisch. „Oder etwa nicht?"

Böhnke wollte keine Wertung vornehmen. „Ich sehe und bewerte nur Fakten", behauptete er.

„Und wie sehen die Fakten aus?" Auf die Antwort des Kommissars war ich gespannt.

„Nicht gerade sehr ergiebig", meinte er sachlich, „das war so eine Wirtshausprügelei mitten in der Nacht in Aachen, wie sie immer wieder einmal vorkommen kann. Keiner der Beteiligten kannte nachher den Grund. Die Prügelei hat sich halt so ergeben."

‚Wer's glaubt, wird selig', bemerkte ich für mich. Ich glaubte, ich müsste Böhnke auf die Sprünge helfen.

„Glauben Sie wirklich an Zufall, wenn uns namentlich bekannte Typen, die sich gerne mit Freunden treffen, auf andere einprügeln? Oder steckt da mehr hinter? Etwa eine Gruppe, eine Verbindung oder etwas Ähnliches?" Ich ließ dem Kommissar keine Zeit für eine Antwort. „Und ist es wirklich nur Zufall, dass ausgerechnet Münstermann in Düren sterben musste; der Kerl, mit dem Schlingenhagen unterwegs war und der auf der Wewelsburg war, als Thiele für immer Abschied nahm?"

Ich hätte meine eigene Vermutung, sagte ich zu Böhnke, die ich aber noch nicht von mir geben könnte. „Sie als fantasieloser Polizist würden mich nur auslachen."

Böhnke widersprach mir zwar eindringlich und durchaus glaubhaft, aber auch durch sein Drängen ließ ich mich nicht erweichen, meine Vermutung preiszugeben.

„Wenn ich die fehlenden Teile habe und meine Überlegung beweisen kann, sind Sie garantiert der Erste, der davon erfährt", tröstete ich ihn.

Es war schon merkwürdig. Der Fall erinnerte mich nachhaltig an die Entführung eines Karnevalisten in Aachen. Auch damals war die Aufklärung des Falles eigentlich sehr einfach gewesen. Ich hatte die Fakten und Begebenheiten nur richtig gewichten und bewerten müssen. „Nicht anders verhält es sich hier", behauptete ich, „allerdings fehlen mir zur Zeit noch die wichtigen Ecksteine meines Puzzles."

„Sehen Sie etwa Zusammenhänge?", fragte mich Böhnke vorsichtig. Ich hatte ihn offensichtlich doch neugierig gemacht.

„Ich vermute, dass es Zusammenhänge gibt", antwortete ich. „Ich weiß nur noch nicht genau, welche Figur welche Rolle in diesem mörderischen Spiel übernommen hat." Ich verglich die Situation mit einem Schachspiel. „Bis jetzt sind nur ein paar Bauern geschlachtet worden."

„Wer sind die Bauern?", wollte Böhnke wissen.

„Roswitha Thiele, ihr Bruder und Ferdinand Münstermann", antwortete ich. „Die tatsächlichen, ernst zu nehmenden Strategen haben sich noch verschanzt."

„Wissen Sie denn wenigstens ungefähr, wer welche Position bekleidet?"

Aber selbst auf diese einfache Frage konnte ich Böhnke keine eindeutige Antwort geben. „Ich weiß nur, dass wir noch im Dunkeln tapppen." Ich schnaubte. „Finden Sie Schlingenhagen und die Dicklippe aus Paderborn, und wir kommen garantiert weiter."

„Weswegen soll ich denn nach den beiden fahnden lassen?", entgegnete Böhnke. „Wir haben nichts gegen sie vorliegen. Sie sind unbescholtene und ehrbare Bürger in diesem, unserem Lande. Oder haben Sie etwas gegen sie in der Hand, Herr Grundler?"

Ich hielt es für ratsam, das Gespräch mit dem Kommissar schleunigst zu beenden. Ich hätte ihm recht geben müssen, aber danach stand mir heute Morgen nicht der Sinn.

Sabine holte mich aus meinen Gedanken in die Realität zurück. „Bist du eingeschlafen oder hast du bloß keine Lust?", schimpfte sie mit mir, als ich endlich auf ihre telefonischen Rufzeichen reagierte.

Mir war nicht bewusst geworden, dass sie schon seit geraumer Zeit versucht hatte, mich am Telefon zu verbinden.

„Hier laufen die Leitungen heiß", bemerkte sie barsch, „alle wollen dich sprechen. Aber der Herr geruhen zu ruhen." Der unsympathische Kollege Stippach, ein hektischer Journalist Bahn, ein aufgetauchter Pilot Schauf und ein besonnener Kommissar Dietrich würden schon seit einiger Zeit versuchen, sich mit mir zu unterhalten. „Ich habe ihnen gesagt, du würdest sofort zurückrufen."

„Dann tu's gefälligst!", schnauzte ich meine Sekretärin an, um mich noch im gleichen Atemzug bei ihr über meinen unpassenden Tonfall zu entschuldigen. Meine Liebste lachte bloß entwaffnend. „Tobias, ich kenne dich lange genug, um zu wissen, warum du dich so benimmst, wie du dich benimmst." Es war ein wesentlicher Vorteil meiner Besten, dass sie mit ihrem großherzigen Wesen viele meiner Macken größtenteils und unbeschadet bewältigen konnte. „Wenn's recht ist, nehme ich die chronologische Reihenfolge", schlug sie vor. „Oder soll ich nach deiner persönlichen Sympathieskala vorgehen?"

„Bitte der Reihe nach", brummte ich und lehnte mich in meinen Sessel zurück. Mit geschlossenen Augen konzentrierte ich mich auf die Unterredung mit dem Kotzbrocken aus dem eigenen Berufsstand.

Ich musste mich sehr zurückhalten, als Schlingenhagens Anwalt mich mit einem scheinheiligen „Hallo, Kollege!" begrüßte. Schnell und nassforsch kam

Stippach zur Sache. „Es geht doch klar, dass ich heute Nachmittag die Unterlagen von Schlingenhagen erhalte?", fragte er in der Erwartung, ich würde ihm vorbehaltlos zustimmen.

„Nichts geht klar", widersprach ich energisch. „Doktor Schulz ist über den Wunsch unseres Mandanten, zu Ihnen wechseln zu wollen, noch nicht informiert, nur er kann entscheiden." Erst am Abend käme ich frühestens dazu, mit ihm über dieses Anliegen zu sprechen. „Sie müssen sich noch einige Zeit gedulden", erklärte ich.

„So nicht!", ereiferte sich mein Widerpart lautstark. „Ich habe ein Recht auf die Dokumente. Ich bestehe darauf!"

Er könne von mir aus so lange das Rumpelstilzchen spielen, wie er wolle, entgegnete ich schroff, es würde ihm nichts nützen. „Erfüllen Sie zuerst die noch fehlenden Voraussetzungen für die Übergabe, dann können wir vielleicht einmal darüber verhandeln."

Für einige Augenblicke blieb es still in der Leitung.

„Da fehlt überhaupt nichts", ertönte es schließlich pampig aus der Leitung. „Ich habe alles geregelt, jetzt sind Sie am Zuge." Offenbar wollte der Anwalt durch eine schnodderige Art von seiner Verunsicherung ablenken, die ich wegen der langen Pause bei ihm vermutete.

„Sie haben längst nicht alles geregelt", hielt ich streng dagegen. Ich wusste zwar nicht, ob und was noch fehlen könnte bei der Mandatsübernahme, aber das war nicht mein Problem. Wenn es mir gelang, den Rechtsverdreher zu verunsichern, hatte ich mein Ziel erreicht.

„Ich würde vorschlagen", meinte ich in einem schleimig versöhnlichen Ton, „Sie überlegen noch einmal in Ruhe und melden sich dann wieder bei uns. Unter den vorliegenden Bedingungen können wir Ihnen jedenfalls nicht die Unterlagen von Schlingenhagen herausgeben. Das müsse er verstehen. Sie würden es an unserer Stelle bestimmt auch nicht tun."

Mit dem drohend gemeinten Hinweis, er würde unverzüglich gerichtliche Schritte einleiten, konnte er mich auch nicht verschüchtern.

„Umso besser", frohlockte ich, „dann werden Ihre neuen Mandanten sofort erkennen, mit welch ungenau arbeitenden Juristen sie sich eingelassen haben." Ich würde mich freuen, von ihm zu hören und vom Gericht eine Anordnung zu erhalten. „In dieser Woche wird es bestimmt nichts mehr mit der Übergabe. Ersparen Sie deshalb Ihrer Sekretärin den überflüssigen Weg in unsere Kanzlei", schlug ich vor und kam zum abrupten Ende des Telefonats. „Ich höre von Ihnen", sagte ich und legte grußlos auf.

Wie ich zu der Ehre käme, von einem Journalisten interviewt zu werden?, fragte ich im nächsten Telefonat scherzhaft Bahn.

Ich sei eben eine schillernde Gestalt, scherzte der Zeitungsredakteur aus Düren zurück. „Sie sollen ziemlich geschickt beim Lösen kniffliger Fälle sein, habe ich gehört."

‚So viel Lob macht verdächtig', dachte ich für mich. Woher Bahn diese Einschätzung hatte, war mir klar. Der Kommissar mit dem Bernhardinerblick wird ihn über mich aufgeklärt haben.

Bahn machte sich noch nicht einmal die Mühe, meiner Vermutung zu widersprechen. „Ist ja auch egal", wiegelte er ab, „immerhin geht es um dubiose Vorgänge, da sollte es keine Rolle spielen, von wem ich was über Sie erfahren habe, Herr Grundler."

„Welche dubiosen Vorgänge?" Ich wurde hellhörig. Ich konnte nicht anders. Wenn jemand mit tatsächlichen oder vermeintlichen Geheimnissen ankam, musste ich mich einmischen.

„Na, das Absaufen in der Rur", antwortete Bahn schnell. „In Polizeikreisen wird gesagt, Sie hätten mittelbar mit dem Toten zu schaffen gehabt."

Ich musste lachen. „Mittelbar ist gut. Ich bin zufälligerweise fast über den Begleiter des Ertrunkenen gestolpert. Er ist seitdem ständig unterwegs." Bereitwillig berichtete ich dem Redakteur von meinem Wissen über Münstermann und Schlingenhagen.

„Die haben mich seit Paderborn verfolgt und lassen mich jetzt erst in Ruhe", sagte ich ironisch. Das juristische Hickhack um den Zuhältertypen ließ ich unerwähnt, es brauchte Bahn nicht zu interessieren.

„Haben Sie denn eine Vermutung, wie der Tote nach Düren gekommen ist und warum?" Es hatte den Anschein, als stocherte Bahn im Nebel in der Hoffnung, einen Zufallstreffer zu erzielen.

Ich wisse nicht mehr als er, entgegnete ich. Ich könne nur vermuten, dass Münstermann noch immer mit Schlingenhagen unterwegs war. „Das ist aber wirklich nur eine Vermutung", betonte ich ausdrücklich, „die darauf beruht, dass ich die beiden zuvor in Fröndenberg an der Ruhr gesehen habe." In meinem Hinterkopf bastelte ich eine neue Kombination zusammen, über die ich aber noch nicht sprechen wollte. Der Hinweis auf Fröndenberg musste Bahn genügen.

„Das ist ja toll", begeisterte sich der Journalist zu meinem Erstaunen. „Vom Urlaub an der Ruhr zum Tod in der Rur", titelte er. „Da mache ich 'ne heiße Geschichte draus."

„Nur daraus?" Ich konnte mir den Informationsgehalt dieser Begebenheit nicht vorstellen.

„Nicht nur daraus", besänftigte mich Bahn. „Es gibt noch einige weitere Kleinigkeiten, die zwar nicht zur Aufklärung des Todesfalles beitragen werden, die aber Lesestoff bieten können."

Was er denn im Angebot habe, fragte ich neugierig.

„Nichts Besonderes", wiegelte der Redakteur ab. Ein Kollege, der von der Zeitung zum Fernsehen gewechselt war, hätte einen Film über den Feuerwehreinsatz in der Rur gemacht. „Einige Szenen hat er zwangsläufig herausschneiden müssen, unter anderem diejenigen, bei denen Gaffer dumm herumstehen und die Arbeit der Rettungskräfte behindern." Die Polizei würde zurzeit prüfen, ob nicht Strafanzeige gegen einige der Sensationstouristen erhoben werden kann. Es sei schon ein Skandal, wie sich mancher Mensch benommen habe, ereiferte sich Bahn. „Bei denen hat es den Anschein, als verschaffe ihnen das Absaufen eines armen Schweines perverse Befriedigung. Man sollte sie alle ins Wasser hinterher werfen." Wenn ich wollte, könnte ich mir den Film gerne einmal ansehen, bot er mir an.

Das sei zwar nett gemeint, aber derzeit nicht machbar, lehnte ich dankend ab. Die Arbeit in der Kanzlei würde mir über den Kopf wachsen, da hätte ich keine Ruhe, um mir einen Film anzusehen.

Bahn schien meine berufliche Situation nicht sonderlich zu beeindrucken. »Wie Sie wollen«, sagte er gelassen. „Sie wissen, dass Sie immer noch eine Hosenreinigung von mir bezahlt bekommen?"

Ich musste lauthals lachen. „Irgendwann denke ich bestimmt daran." Mir kam die Szene auf dem Tivoli in Aachen in Erinnerung, als der gehetzte Bahn eine

Bratwurst mit Ketchup und Senf auf meine Hose gekippt hatte.

Ob ich immer noch am Templergraben wohnen würde, fragte der Journalist mich zum Abschluss unseres Telefonats. „Ich notiere mir die Adressen aller Menschen, mit denen ich beruflich zu tun habe oder hatte. Und Sie gehören nun einmal dazu nach unserer Geschichte in Düren."

Was sollte ich dazu sagen? Es war zumindest ehrenwert von Bahn, überhaupt zu sagen, dass er meine Adresse gespeichert hatte. Ich wollte nicht wissen, in wie vielen Karteien Angaben zu meiner Personen lagerten, ohne dass ich jemals davon erfahren würde.


## Flugangst


Ob ich nach Merzbrück kommen könnte, fragte mich Josef Schauf. Der aus seinem Kurzurlaub zurückgekehrte Pilot hatte es offenbar eilig und machte es kurz am Telefon. „Beckmann hat mir eben erzählt, ich könnte Probleme mit meiner Beförderungslizenz bekommen, wenn ich mich nicht mit Ihnen unterhalte." In einer Stunde könnte er sich mit mir in Beckmanns Büro treffen. Er habe nur noch einen kurzen Kontrollflug zu erledigen.

„Kein Problem", stimmte ich zu und schüttelte verwundert den Kopf. Was war nur in den Flieger gefahren, dass er von sich aus den Kontakt zu mir suchte? „Das verrate ich Ihnen, wenn Sie da sind, Herr Grundler. Das lässt sich am Telefon nicht so gut besprechen." Eilig verabschiedete sich Schauf mit dem Hinweis, es warte jemand auf ihn.

Die nächste Einladung folgte wenige Minuten später. Der Kommissar aus Paderborn regte ein Treffen an. „Wegen der interessanten Verbindungen Ihres Herrn Karl Schlingenhagen
mit jemandem aus unserer Region«, sagte er geheimnisvoll. Ein Kollege aus Aachen hätte ihn darüber informiert, dass das Aachen-Paderborner Duo wohl durch die Weltgeschichte kutschiere. Die Beschreibung des Mannes, der angeblich aus Ostwestfalen stammen sollte, sei
ja ziemlich deutlich, meinte Dietrich, um schnell hinzuzufügen: „Sofern wir aus dem Autokennzeichen auf den Wohnort schließen können."
Auf jeden Fall sei es günstiger, unter vier Augen darüber zu sprechen als am Telefon. „Sie sind herzlich bei uns willkommen, Herr Grundler. Anruf genügt", bot er mir an.
Ich gab mich zurückhaltend. Ich würde sehen, was sich machen lässt, sagte ich nichtssagend. Große Lust, über 200 Kilometer durch das Land zu fahren,

hatte ich offen gestanden nicht. Es war mir zu wenig, nur wegen einer rothaarigen Dicklippe, die vielleicht einmal ins Paderwasser gepinkelt hatte, quer durch Nordrhein-Westfalen zu reisen.

„Haben Sie denn neue Erkenntnisse bei den Todesfällen Roswitha Thiele und ihrem Bruder?", fragte ich und stellte dann die für mich wichtigste Frage: „Ist inzwischen die Rolle von Franz Schlingenhagen geklärt?"

„In gewisser Weise schon. Das Verfahren gegen ihn wurde eingestellt", antwortete der Kommissar und setzte mit der Standardfrage nach, die stets alle Versäumnisse auf andere abschob: „Wussten Sie das nicht, Herr Grundler?"

Woher sollte ich es wissen, knurrte ich zurück, woraufhin der Kommissar geschickter Weise die mangelnde Kommunikation zwischen den Behörden beklagte. Er habe seine Ergebnisse weitergeleitet und sei davon ausgegangen, dass alle Beteiligten informiert seien. Wahrscheinlich habe der Vater des Jungen die Mitteilung noch nicht an uns weitergegeben, vermutete Dietrich.

Nicht für den Dienstgebrauch bestimmt seien die Fakten, die er mir nannte, weil sie nicht im Untersuchungsbericht stünden, klärte mich der Kommissar auf. „Wir haben ermittelt, dass Franz Schlingenhagen eine Art Beichtvater für viele Schülerinnen war. So haben sich auch Klassenkameradinnen der ermordeten Schülerin bei ihm ausgesprochen und ihn quasi erst darüber aufgeklärt, dass Roswitha schwanger war. Roswitha hat ihren Mitschülerinnen von der Schwangerschaft berichtet, aber nicht über den Vater gesprochen. Dessen Namen muss sie wohl Schlingenhagen verraten haben. Schlingenhagen wurde in der letzten Zeit in vielen Kneipen und Spielhallen gesehen, wo er offenbar nach einem bestimmten Mann suchte. Wir wissen nur nicht, um wen es sich dabei handelte."

„Sie haben auch keine ungefähre Beschreibung?", hakte ich nach. »Etwa von den Schülerinnen oder den Kneipiers?"

„Wir haben gar nichts außer der Information, dass Franz Schlingenhagen in Paderborn nach einem Mann gesucht hat, der Roswitha geschwängert hat."

„Merkwürdig", dachte ich laut. Diese Informationen gaben mir weiteren Stoff für Vermutungen und Kombinationen. „Sie wissen auch nicht, ob Schlingenhagen den Kerl gefunden hat?"

„Nein", gab der Kommissar erwartungsgemäß zu.

„Ich vermute nur, dass deswegen das Mädchen sterben musste, und Franz Schlingenhagen wegen des Todes von Roswitha verdächtigt werden sollte." Aber diese Vermutung sei nicht durch Beweise zu erhärten, fügte Dietrich bedauernd zu.

Mit Sabines Polo schlängelte ich mich im Kriechgang durch die Stadt nach Merzbrück und bekam schon von weitem mit, das etwas auf dem kleinen Verkehrslandeplatz nicht stimmte. Eine dicke, schwarze Rauchwolke stieg hinter einem Gebäude links neben der Zufahrtsstraße auf. Als ich um die Ecke bog und in Richtung Tower fuhr, sah ich das Unglück. Vor einer Halle brannte ein kleines Flugzeug. Mit mehreren Schläuchen spritzte die Feuerwehr Löschwasser in die Flammen. Nahezu tatenlos liefen aufgeregt einige Rettungssanitäter umher, ein Notarzt saß etwas abseits auf einer Bank und sog mit zittrigen Fingern an einer Zigarette. Beckmann stand neben ihm und stierte mit versteinerter Miene auf die brennende Maschine.

Die Rettungskräfte nahmen keinerlei Kenntnis von mir, als ich auf das Gelände kam. Ich war eine Randfigur und spielte in dem hektischen Treiben keine Rolle, solange ich mich unauffällig im Hintergrund hielt und die Arbeiten nicht behinderte.

Erst eine Viertelstunde später waren die Sanitäter so weit, dass sie sich der ausgebrannten Maschine nähern könnten. Mir stockte der Atem, als ich miterleben musste, wie sie aus dem Wrack einen Körper zogen. ‚Der ist tot', schoss mir durch den Kopf, und mit dieser selbstverständlichen Einschätzung lag ich nicht falsch. Der Notarzt brauchte nur wenige Augenblicke, um den Tod des Menschen festzustellen.

Offenbar war jemand bei lebendigem Leibe in seinem kleinen Flugzeug verbrannt.

Auf diese Art aus dem Leben zu scheiden, war auch nicht angenehmer als das langsame Ertrinken in einer Staustufe oder mit einer Drahtschlinge um den Hals. Es schien fast unmöglich, sich durch natürliches Ausscheiden in den ewigen Ruhestand zu verabschieden.

Aber diese Gedanken machten das arme Schwein nicht wieder lebendig. Ich schaute mich nach Beckmann um, der fassungslos auf das Wrack starrte. Mir schien es nicht passend, ihn in diesem Moment auf meine Anwesenheit hinzuweisen und an mein Gespräch mit Schauf zu erinnern.

Langsam ging ich in Beckmanns Büro und setzte mich auf den Besucherstuhl vor seinen Schreibtisch. Es gab jetzt Wichtigeres für ihn als meine Wenigkeit. Durchs Fenster beobachtete ich mehrere Fotografen und Kameraleute, die das zerstörte Flugzeug ablichteten, und mehrere aufdringliche Kerle, die sich um Beckmann drängelten. Ich würde mein Häuschen darauf verwetten, dass es sich bei dieser Meute um Journalisten handelte, konnte aber mangels Häuschen niemandem die Wette anbieten.

Ich spielte schon mit dem Gedanken, in die Kanzlei zurückzufahren, als Beckmann doch noch nach langen Minuten in sein Büro kam.

„Schöne Scheiße", meinte er zur Begrüßung und betrachtete mich mit müden Augen. „Deine Verabredung kannst du vergessen. Die arme Socke, die mit dir sprechen wollte, liegt schon in der Kiste."

„Moment mal." Hatte ich Beckmann richtig verstanden? „Willst du mir damit sagen, dass der Tote da draußen der Pilot war, der sich mit mir ...?"

„So ist es, Tobias." Beckmann schüttelte immer noch erschrocken den Kopf. „Scheiß Spiel", murmelte er. Er missachtete absichtlich das Telefon, das aufdringlich läutete. „Halt die Klappe!", schnauzte er. Wahrscheinlich meinte er das Gerät. Ich jedenfalls fühlte mich nicht angesprochen.

„Was ist passiert?", fragte ich leise und ruhig.

Beckmann schaute mich mit trüben Augen lange an. „Um es mit einem Satz zu sagen: Als Schauf eben seine Maschine starten wollte, ist ihm der Motor um die Ohren geflogen, explodiert."

„Defekt? Zufall?"

„Das müssen die Experten vom Luftfahrtbundesamt ermitteln. Sie sind unterwegs." Beckmann rieb sich lange die Augen. „Normalerweise würde ich von einem Defekt ausgehen. Aber." Er verzog das Gesicht und zuckte hilflos mit den Schultern.

„Aber, was?" Die Bemerkung hatte mich hellhörig werden lassen.

„Es gibt zwei Dinge, die mich nachdenklich stimmen und weswegen ich die Kripo informiert habe." Beckmann seufzte und hielt mit beiden Händen eine Tasse mit abgestandenem, kaltem Kaffee fest, die er fahrig zum Mund führte.

„Welche?"

„Zum einem haben in den letzten Tagen vermehrt irgendwelche Anrufer nach dem Piloten gefragt. Sie wollten unbedingt wissen, ob er heute wieder fliegt." Beckmann machte eine Pause und schaute aus dem Fenster. „Zum anderen hat es den Anschein, als habe sich jemand

in der Nacht auf dem Gelände herumgetrieben. An einer Stelle ist der Zaun zur Straße aufgeschnitten worden, wie wir eben festgestellt haben."

„Und daraus schließt du, dass jemand nachgeholfen haben könnte bei dem Defekt an der Maschine von Schauf?"

Beckmann beobachtete mich intensiv, während er bedächtig nickte. „Daraus und aus einem Brief, den mir der Pilot kurz vor seinem Start gegeben hatte. Ich soll ihn an dich weiterleiten, damit du dich auf das Gespräch mit ihm vorbereiten könntest. Er wäre nämlich etwas länger

unterwegs, als er dir ursprünglich gesagt hatte."

„Wo ist der Brief?", fragte ich hastig.

Beckmann zog langsam die Schreibtischschublade auf und griff hinein. „Hier."

Mit wachsender Verwunderung las ich den Brief. Der Handschrift war deutlich anzusehen, dass Schauf sie nur selten braucht. Der Mann schrieb zwar fehlerfrei, aber sehr ungelenk.

Der Inhalt des Schreibens war mehr als eindeutig. Der Hinweis von Beckmann auf einen möglichen Entzug der Personenbeförderungslizenz hatte bei dem Piloten alle Alarmglocken gleichzeitig klingeln lassen. Schauf gab unumwunden zu, am besagten Tag mit zwei Personen auftragsgemäß nach Dortmund geflogen zu sein. In Dortmund habe ihn der Wortführer einen beträchtlichen Betrag dafür geboten, den Flugplan kurzerhand zu ändern und nach Paderborn-Lippstadt zu fliegen statt zurück nach Aachen. In Paderborn habe er einen mehrstündigen Aufenthalt gehabt. Mit einem seiner Passagiere sei er dann am Nachmittag nach Merzbrück zurückgeflogen. „Meine Frage nach dem zweiten Passagier hat er schroff beantwortet", las ich, „das geht mich nichts an, hat er mir gesagt. Also bin ich meinem Auftrag entsprechend zurück nach Merzbrück", schrieb der Pilot. Er habe im Flughafenrestaurant mitbekommen, dass sich die beiden Männer mit einem dritten Mann getroffen hätten.

Ich wollte Beckmann den Brief zurückgeben, aber er winkte ermattet ab. „Er ist für dich. Außerdem habe ich ihn schon gelesen."

Für einen Einstieg in ein Gespräch war der Brief sicherlich geeignet. Mir fehlten nur die Namen und die Beschreibungen der Typen. Die Vermutung, dass die beiden Kerle etwas mit dem heutigen Unglück zu tun hatten, war zwar von weit her geholt, aber nicht abwegig. Ich jedenfalls wollte sie nicht ausschließen. Bei den beiden Männern konnte es sich durchaus um Schlingenhagen und seinen Schmuddelfreund Münstermann gehandelt haben. Ihr Gesprächspartner in Ostwestfalen war bestimmt die Dicklippe gewesen, dachte ich für mich.

„Die Namen kannst du dir abschminken." Beckmann machte mir wenig Hoffnung. „Schauf nahm es nicht immer so genau mit seiner Passagierliste, dafür war er bekannt und bei bestimmten Kunden auch beliebt." Wahrscheinlich hätte er mir die Namen vertraulich genannt, aber niemals offiziell. „Das wird wohl auch der Grund gewesen sein, weshalb er dich hier sprechen wollte und nicht am Telefon."

„Wer hat auf Schauf gewartet?" Fragend schaute ich Beckmann an und berichtete ihm von meinem Telefonat mit dem Piloten.

Beckmann hob wieder bedauernd die Schultern. „Keine Ahnung. Wahrscheinlich wollte Schauf nur das Gespräch mit dir beenden. Der Hinweis auf einen wartenden Fluggast war eine Masche von ihm."

Das laute, energische Klopfen an der Bürotür beendete abrupt unsere Unterhaltung. Ohne auf eine Aufforderung zu warten, öffnete Böhnke und trat ein. Er grinste mich grüßend an und stellte sich Beckmann vor.

Kommentarlos reichte ich dem Kommissar den Brief, den er nach einem kurzen Überfliegen einsteckte. Er würde sich später seine Gedanken dazu machen und mit mir darüber diskutieren.

Böhnke ließ sich von Beckmann noch einmal die tragischen Geschehnisse des Vormittags schildern, bekam auf seine Frage nach den vermeintlichen Attentätern eine unbefriedigende Antwort und meinte schließlich sachlich: „Dann müssen wir halt das Ergebnis der technischen Untersuchung abwarten." Ein erstes Zwischenergebnis sei ihm bereits für den späten Nachmittag angekündigt worden. Bis dahin könne man allenfalls mögliche Zeugen befragen oder das Gelände nach Auffälligkeiten überprüfen.

„Aber viel erwarte ich mir nicht davon", erklärte der Kommissar in konzentrierter Ruhe. Es gebe an sich nur zwei Möglichkeiten für den katastrophalen Brand: „Zufall oder Absicht." Bei Zufall hätte sich das Thema für ihn erledigt, bei Absicht würde die nicht gerade wenige Arbeit für ihn noch etwas mehr.

Böhnke wandte sich an mich. „Was glauben Sie, Herr Grundler?"

Kam es darauf an, zu wissen, was ich glaubte? Es kam doch ausschließlich darauf an, vorhandene Fakten zu verknüpfen und nach Fakten zu suchen, die die Löcher in unserem Kombinationsnetz stopften. Ob aber das Ableben des Piloten einer der Fakten war, das war ebenso ungewiss wie die Annahme, Schlingenhagen und Münstermann wären von dem Piloten zu einem Kaffeekränzchen mit der Dicklippe nach Paderborn geflogen worden.

„Wenn der Pilot sterben musste, dann will ich den Grund dafür wissen", antwortete ich ausweichend. Einer der Gründe könnte Schlingenhagen sein, aber diese Behauptung behielt ich besser für mich.

Wie ich nicht anders erwartet hatte, rief mich Böhnke am frühen Abend an.

„Schaufs Tod war kein Zufall. Der Motorbrand war provoziert", eröffnete er mir ungefragt. Jemand habe an der Elektronik herumgefummelt und an den Benzinleitungen manipuliert. „Beim Drehen des Zündschlüssels musste die Maschine Feuer fangen, der Pilot hatte absolut keine Chance."

„Waren Fachmänner am Werk?", fragte ich.

„Zumindest hat jemand an dem Motor getrickst, der genau wusste, wie man durch das Starten eine Explosion verursachen kann."

Ich schwieg nachdenklich und machte mir eine Notiz. „Sonst noch Hiobsbotschaften?", fragte ich anschließend.

„Nein." Böhnke lachte gequält auf. „Nur noch eine Frage: Was halten Sie von dem Abschiedsbrief? Ich finde ihn sehr aufschlussreich."

„Inwiefern?" Ich nutzte die Gelegenheit zur Gegenfrage.

„Weil er nach meiner unmaßgeblichen Auffassung zumindest den Verdacht aufkommen lässt, dass die beiden Passagiere nicht ganz unbeteiligt sind am Verhalten des Piloten und vielleicht auch an seinem Ableben. Ich würde mich sogar zu der Behauptung versteifen, dass sie Schauf mundtot machen wollten, bevor er sich mit Ihnen unterhalten konnte, Herr Grundler."

Ich fand es bemerkenswert, dass der Kommissar ziemlich auf meiner Wellenlänge dachte. „Und wer sind die beiden?", schob ich die nächste Frage hinterher.

„Wer waren die beiden, müssten Sie besser fragen", korrigierte mich Böhnke zu meiner Zufriedenheit. „Ich möchte jedenfalls nicht ausschließen, dass Schlingenhagen an dem Anschlag beteiligt ist. Entweder als Auftraggeber oder als Ausführender."

Wobei die zweite Möglichkeit von mir als unwahrscheinlich bezeichnet wurde. Jemand wie dieser Schnösel ließ andere für sich die Finger schmutzig machen, dachte ich laut. „Aber wer? Etwa die Dicklippe aus Paderborn?"

„Vielleicht", antwortete Böhnke bedächtig, „vielleicht aber auch nicht."

Auch über diesen Aspekt machte ich mir eine Notiz und ich hatte auf einmal das sichere Gefühl, dass mir der Kommissar einen wichtigen Puzzlestein in die Hand gegeben hatte, von dem ich nur noch nicht wusste, wohin er in diesem verbrecherischen Spiel passte.

# Tag der Journalisten

Der tote Pilot ließ mich nicht schlafen. Ununterbrochen musste ich an den Anschlag denken und fügte ihn in meine verschiedenen Kombinationen ein, die mir den Schlaf raubten. Vieles passte zusammen, vieles hingegen nicht. ‚Du kannst nichts anderes tun, als auf weitere Fakten zu warten', dachte ich mir, bevor ich am frühen Morgen doch noch in einen kurzen Schlaf fiel.

Entsprechend übermüdet schleppte ich mich in die Kanzlei, wo ich lustlos die wenige Arbeit regelte. Wegen der Sommerzeit und des Urlaubs und auch dank der Gerichtsferien war es erfreulicherweise einmal ruhig, es gab lediglich die leidige Post, aber keine neuen Aufträge; nicht ganz im Sinne meines Chefs, der seine Einnahmen schwinden sah.

Schon in einigen Wochen würde es wieder besser werden, tröstete ich ihn. Erfahrungsgemäß häuften sich nach den Sommerferien die Scheidungsangelegenheiten, weil die Ehepartner sich entweder im Urlaub hoffnungslos zerstritten hatten, weil der beabsichtigte Versöhnungsversuch erfolglos geblieben war oder weil einer der Partner sich nicht mehr von seinem Urlaubsflirt trennen konnte.

Uns sollte das menschliche Verhalten nur recht sein, für uns floss das Honorar allemal.

Ausgesprochen ruhig verlief der Tag, dessen Höhepunkt noch die Einladung von Dieter zum Mittagessen war.

„So kann es am besten weitergehen", meinte ich durchaus zufrieden, als wir vom Inder in die Kanzlei zurückgingen.

„Hoffentlich nicht", brummte mein Freund erwartungsgemäß.

Anscheinend hatte mein Chef die besseren Beziehungen. Jedenfalls war es am Nachmittag für mich mit der seltenen Ruhe vorbei.

Ein Brief in der Mittagspost sorgte für Aufregung. Der Journalist vom Dürener Tageblatt hatte mir seinen

Artikel über die Gaffer beim Tod von Münstermann als Kopie zugeschickt.

Der Inhalt und der Stil des Berichts waren nicht unbedingt mein Fall. Bahn war etwas zu voreilig mit seinen Schlüssen, zu hektisch mit seiner Sprache und nahm es nicht immer so genau mit der Grammatik. Auch er praktizierte den rheinischen Genitiv, der den Rheinländern ebenso wenig auszutreiben ist wie den Öchern das „Ich hab' kalt."

Ich wurde immer nur verständnislos angestarrt, wenn ich jemanden auf diese Fehler hinwies.

Aufschlussreicher als der Text war das illustrierende Foto, ein Abzug aus dem Film des Fernsehreporters. Beim ersten Anblick traute ich meinen Augen kaum, beim zweiten hatte ich noch kleine Zweifel, beim dritten war es eindeutig: Zur Schar der Gaffer gehörten auch Karl Schlingenhagen und die Dicklippe, die neben ihm in der zweiten Reihe stand.

Um auf Nummer sicher zu gehen, lief ich zu Schulz, der gerade dabei war, auf seinem Computer ein chinesisches Kombinationsspiel zu bewältigen. Er solle den Drachen lassen, wo er ist, raunzte ich ihn an und sich das Bild ansehen.

Ich beobachtete Dieter, wie er den Zeitungsausschnitt mit zusammengekniffenen Augen betrachtete. Dann fiel endlich auch bei ihm der Groschen.

„Wenn mich nicht alles täuscht, ist der Typ im Hintergrund unser Spezi Schlingenhagen." Dieter betrachtete die Fotografie noch einmal intensiv. „Und der Kerl daneben, das könnte die Dicklippe sein."

„Das könnte nicht die Dicklippe sein, das ist die Dicklippe", verbesserte ich ihn schnell, „für mich steht das eindeutig fest."

„Was machen die da?", fragte Dieter mich verblüfft. War er schwer bei Verstand oder wollte er mich testen?

„Die waren rein zufällig in der Gegend, als der Zottelbär Münstermann in der Rur abgesoffen ist", antwortete ich ironisch, „derselbe Ferdinand Münstermann, mit dem Karl Schlingenhagen rein zufällig in das Hotel in Fröndenberg an der Ruhr gekommen ist."

Er blicke nicht durch, bekannte mein Freund freimütig und ich wollte ihm nicht widersprechen. „Ich glaube, Karl der Große hat uns einiges zu erklären."

„Uns oder der Polizei?"

Das käme doch aufs Gleiche hinaus, meinte ich und griff zum Telefon, um Böhnke zu informieren. Zugleich gab ich Sabine den Auftrag, den Zeitungsbericht ins Polizeipräsidium zu faxen.

Böhnke war unterwegs, wie ich verärgert erfuhr. Immer, wenn ich ihn brauchte, war er nicht im Büro, schimpfte ich und ließ mich nur wenig trösten durch

185

die Zusicherung, er würde nach seiner Rückkehr selbstverständlich zurückrufen.

Problemlos bekam ich meine Verbindung zum Dürener Tageblatt. Bahn hatte anscheinend schon auf meinen Anruf gewartet.

„Können Sie mit dem Artikel etwas anfangen? Der ist gut, was?", fragte der Journalist von sich überzeugt.

Über die Qualität wollte ich mich nicht mit ihm streiten. „Ist es möglich, den kompletten Videofilm zu bekommen oder wenigstens den Ausschnitt mit den Gaffern?", fragte ich stattdessen, nachdem ich mich übertrieben höflich für den Brief bedankt hatte.

„Warum?" Bahn witterte offenbar eine neue Geschichte. Da war er nicht anders als der AZ-Reporter, der stets bei unpassenden Gelegenheiten an meinem Rockzipfel hing und der auch immer alles ganz genau wissen wollte. Es waren wohl beide geborene, eingefleischte Journalisten mit Druckerschwärze statt Blut in den Adern.

„Weil darauf einige Kerle abgelichtet sind, mit denen ich mich gerne einmal unterhalten möchte", antwortete ich ausweichend.

Bahn hakte nach: „Sie oder die Polizei?"

Ich stöhnte. „Ich", sagte ich, „es handelt sich um eine zivilrechtliche Angelegenheit, in der einer der Schaulustigen involviert ist."

Das Fremdwort schreckte den Journalisten nicht. Er lachte auf: „Auch ein Verbrechen kann eine privatrechtliche Seite haben."

„Ich werde Sie sofort benachrichtigen, wenn sich aus der Geschichte etwas ergibt, das die Öffentlichkeit interessieren könnte", versprach ich ihm.

Bahn zögerte. „Ob etwas die Öffentlichkeit interessiert oder nicht, möchte ich entscheiden. Ich lasse mich nicht gerne bevormunden." Er machte eine kurze Pause. „Außerdem wollen Sie etwas von mir, nicht ich von Ihnen." Wieder legte er eine Pause ein.

Auch ich schwieg, weil ich nicht wusste, was ich hätte erwidern sollen.

„Ich werde bei Ihnen eine Ausnahme machen, Herr Grundler", meldete sich Bahn endlich wieder. „Ich versuche, für Sie noch heute eine Kopie zu besorgen, werde aber gleichzeitig auf eigene Faust versuchen herauszubekommen, für wen Sie sich interessieren. Und dann schreibe ich das, was ich will, ohne Sie zu fragen. Sie haben Ihre Chance gehabt. Jetzt bin ich am Zuge."

Mit der Zusage, gegenseitig im Gespräch zu bleiben, beendeten wir das Telefonat, nach dem ich mich unbehaglich fühlte. Der Journalist hatte es bestimmt faustdick hinter den Ohren und war doch nicht der oberflächliche Springinsfeld, nachdem er aussah.

Schon zwei Minuten später rief Bahn wieder an. Als gäbe es überhaupt keine Probleme erklärte er mir, dass der Fernsehkollege ohnehin bald nach Aachen ins WDR-Studio müsse und bei dieser Gelegenheit den Film in der Kanzlei abliefern werde.

Diese Ankündigung erfreute auch Böhnke, den ich kurz darauf mit seinem Rückruf an der Strippe hatte. „Wir sollten uns den Streifen gemeinsam ansehen", schlug er vor, nachdem ich ihn ausführlich informiert hatte, „am besten bei mir im Präsidium."
Sein Vorschlag gefiel mir überhaupt nicht. Warum sollte ich umherfahren? „Der Weg von der Soers zur Theaterstraße ist auch nicht länger als der Weg von der Theaterstraße in die Soers", maulte ich.
„Aber wir haben in der Soers mehr technische Möglichkeiten als Sie an der Theaterstraße", entgegnete Böhnke bestimmend. „Oder können Sie aus der Kanzlei einen Fahndungsaufruf an alle Polizeistellen im Lande einschließlich eines gefaxten Bildes losschicken?"
Mangels besserer Argumente gab ich mich geschlagen. Er solle mich gegen 17 Uhr abholen lassen, knurrte ich. Bis dahin würde ich den Film bekommen haben und bis dahin hatte ich Zeit, ihn mir auch schon einmal in Ruhe anzusehen.

Immer wieder betrachtete ich die Abbildung in der Zeitung, auf der Karl Schlingenhagen und die Dicklippe zu erkennen waren. Was für einen Grund konnten die beiden haben, ausgerechnet in Düren dabei zuzusehen, wie der schmuddelige Münstermann in der Rur langsam absoff? Die Antwort auf diese Frage war wahrscheinlich sehr einfach. Ich hätte sie gerne von Karl dem Großen gehört.

Das Telefon rüttelte mich wieder wach.

„Heute ist der Tag der Journalisten", lästerte Sabine, bevor sie mich mit dem AZ-Reporter verband.

Der Mann verhieß nichts Gutes. Wenn er mir in die Quere kam, war Ärger programmiert.

„Was gibt's?", fragte ich barsch statt einer Begrüßung.

„Wohl schlecht geschlafen?", lästerte der Schreiberling frech zurück. „Oder liegt Ihnen Schlingenhagen schwer im Magen als unverdaulicher Brocken?"

Am liebsten hätte ich geschwiegen, aber gerade dadurch hätte ich dem Journalisten indirekt zugestimmt. Er jedenfalls hätte mein Schweigen als Eingeständnis interpretiert.

„Was kann ich für Sie tun?", fragte ich erneut.

„Sie können vielleicht mir und ich kann vielleicht Ihnen helfen", bekam ich als Antwort. Vorab, so meinte der Schreiberling, mir erklären zu müssen, halte er es für seine Pflicht, mich darüber aufzuklären, dass er etwas über den Fall Schlingenhagen schreiben und er deshalb alle meine Äußerungen verwenden werde.

„Ich verstehe nicht", sagte ich, obwohl ich eine Vermutung hatte, „schießen Sie los!"

Er habe heute einen anonymen Anruf erhalten, berichtete der AZ-Reporter. Darin sei ihm mitgeteilt worden, dass der alte Schlingenhagen seine Firma an einen irischen Konzern verkaufen wolle. Die Kanzlei Schulz sei der Rechtsvertreter von Schlingenhagen, die zum einem diese Verkaufsabsicht unterstütze und die zugleich zu verhindern versuche, dass der Sohn von Schlingenhagen in die Geschäftsführung des Familienunternehmens einsteige.

„Das ist ja interessant", entfuhr es mir.

„Stimmt's oder stimmt's nicht?", wollte der Schreiberling wissen und ich konnte ruhigen Gewissens antworten, dass die Mitteilung nicht stimme.

Dann könne er es ja so schreiben, folgerte der Journalist prompt. „Die Gerüchte um die Firma Schlingenhagen werden von Tobias Grundler aus der Anwaltskanzlei Dr. Schulz als falsch bezeichnet."

„Nein", erwiderte ich streng, „das können Sie nicht schreiben. Seit wann nehmen Sie anonyme Anrufe ernst?"

Der AZ-Reporter lachte. „Seitdem mich jemand angerufen und behauptet hat, die Alemannia habe Ärger mit dem Finanzamt und sei pleite."

Jetzt bekam ich nach Jahren mein Fett weg für meine eigene Art der Informationsmitteilung. Dazu fiel mir wirklich nichts mehr ein.

„Aber im Ernst", fuhr der Reporter beruhigend fort. „Üblicherweise reagiere ich tatsächlich nicht auf derartige Anrufe. Hier ist es etwas anderes, weil Ihr Name genannt wurde, Herr Grundler. Wenn Sie ins Gespräch gebracht werden, läuten fast immer die Glocken im Dorf, wenn Sie wissen, was ich meine?"
Ich wisse es nicht, bemerkte ich.
Es sei etwas faul an der Sache, behauptete der Journalist. Der alte Schlingenhagen sei nicht im Lande, dessen Sohn nicht zu sprechen. „Wer kann ein Interesse daran haben, dass eine solche Geschichte veröffentlicht wird, ohne selbst in Erscheinung treten zu wollen?"
„Gute Frage", lobte ich, „auf die ich aber keine Antwort weiß." Das stimmte zwar nicht, aber das brauchte der Schreiberling nicht zu wissen. „Ich möchte Sie nur herzlich bitten, nichts zu schreiben." Er würde eine brisante Angelegenheit kaputt machen und Spuren in einem Mordfall verwischen, wenn er über angebliche Verkaufsabsichten von Schlingenhagen berichtete, sagte ich geheimnisvoll. Er wisse, dass er mir vertrauen könne, ich würde ihn exklusiv informieren, wenn es tatsächlich etwas Berichtenswertes geben sollte. „Noch ist es zu früh und außerdem ist Ihre anonyme Mitteilung absolut falsch."
Der AZ-Reporter hatte Schwierigkeiten, meiner Bitte zu folgen.

„Ich kann Ihnen nichts verbieten", fügte ich an. „Ich kann Ihnen nur sagen, dass Sie die Verantwortung dafür übernehmen müssen, wenn Ihretwegen ein Mörder ungestraft davonkommt und eventuell etliche Männer und Frauen ihren Arbeitsplatz verlieren." Mehr könne ich ihm im Moment beim besten Willen nicht sagen.

„Lassen Sie mir eine Woche Zeit", lockte ich, „dann bekommen Sie den Exklusivbericht." Gespannt wartete ich auf die Erwiderung.

„Okay." Zu meiner großen Erleichterung willigte der Reporter nach einer langen Denkpause ein. „Aber nur wenn Sie mich jeden Abend anrufen und mich sofort informieren, falls einer meiner Mitbewerber bei Ihnen nachfragt."

Das sei doch Ehrensache, sagte ich aufatmend und kam schnell zum Gesprächsende, da Sabine mit einer Videokassette im Türrahmen stand.


## Anton Köhnen


Die Zeit reichte allemal für einen Durchlauf auf unserem Videorecorder in der Kanzlei, bevor Böhnke mich abholen ließ. Dieter und ich schauten gebannt auf den Bildschirm, auf dem tonlos der Film ablief.

Ich konnte verstehen, warum der Großteil der Bilder nicht im Fernsehbericht zu sehen gewesen war. Der in der Staustufe wirbelnde leblose Körper von Münstermann, den die Feuerwehr nur mit großer Mühe bergen konnte, wirkte beim Abendessen nicht sonderlich appetitanregend.

„Nur noch eine Frage der Zeit und des Geldes, dann werden auch solche Szenen haarklein und mit mehrfacher Wiederholung gezeigt", kommentierte mein Freund grimmig meine entsprechende Bemerkung.

Lange hielt sich der Kameramann an der dramatischen Szene im Wasser auf, dann schwenkte er um auf die große Schar der Schaulustigen am Ufer, durch die sich ein Team von Sanitätern mühsam den Weg bahnte. Auf die Aufforderung der Polizei, zurückzutreten, reagierte die gierende Masse Mensch nicht. Einige Glotzer wurden sogar handgreiflich, als Feuerwehrmänner versuchten, sie zurückzudrängen.

Endlich kam die Bildsequenz mit Schlingenhagen. Er schaute ebenso wie die in Leder gekleidete Dicklippe neben ihm den emsigen Bemühungen der Feuerwehr im Wasser zu. Plötzlich versetzte die Dicklippe Schlingenhagen einen Stoß und deutete in die Richtung der Kamera. Karl der Große nickte kurz, dann drehten die beiden Männer sich um und verschwanden schnell hinter der Mauer der Schaulustigen aus dem Bild.

„Die wollten nicht gefilmt werden", bemerkte ich verblüfft, „die haben mitbekommen, dass die Kamera auf sie gerichtet war und wollten abhauen."
Ich sah Dieter an, der mir zustimmte, während er weiterhin auf den Bildschirm blickte.
„Nicht nur die", sagte er. Er griff zur Fernbedienung und ließ das Bild zurücklaufen. Tatsächlich folgten weitere Schaulustige dem Vorbild der beiden.
Ob das alles Schmutzbuckel waren?
„Quatsch", antwortete Dieter. „Die Polizei hat per Lautsprecher angedroht, sie würde alle Personen erkennungsdienstlich verfolgen und wegen Behinderung bei einer Rettungsaktion anzeigen, die in den nächsten Minuten am Unglücksort gefilmt würden."
»Woher weißt du das?", fragte ich skeptisch.
„Von dem Kameramann", antwortete meine Freund trocken, „er hat's mir eben erzählt, als er seinen Film bei Sabine abgegeben hat."

Dienst nach Vorschrift machte die Aachener Polizei. Pünktlich auf die Minute stand der Streifenwagen vor der Kanzlei, der mich zu Böhnke bringen sollte. Der Kommissar wartete nicht allein in seinem Büro auf mich, einer seiner Kollegen saß bereits in der Besucherecke in der Nähe eines Fernsehgeräts.
„Sie sind doch der Vetter des AZ-Reporters?", fragte ich den jungen Beamten, während ich ihm freundlich die Hand zur Begrüßung schüttelte.

Der Mann verlor etwas von seiner Gesichtsfarbe.

„Damit ist dennoch nicht garantiert, dass morgen unsere Unterhaltung brühwarm in der AZ wiedergegeben wird", fiel mir Böhnke bestimmend ins Wort, als sein Kollege verstört schwieg.

Stumm schauten wir uns das Video einmal an.

Böhnke ließ das Band zurücklaufen und startete den zweiten Durchlauf. „Ich lasse noch eine Kopie machen, die ich nach Paderborn schicke", sagte er.

„Warum?"

„Die Kollegen sollen sich einmal um den rothaarigen Typen mit der Wulstlippe kümmern", erklärte mir der Kommissar. „Nach den Bildern müsste er leicht zu identifizieren sein, wenn er in der Kartei verzeichnet ist."

Mit dieser Antwort konnte ich mich nicht zufrieden geben. „Warum interessiert Sie die Dicklippe?", fragte ich und Böhnke lächelte.

„Weil er mit Schlingenhagen zusammen ist und ich mich für Schlingenhagen interessiere."

Wieder fragte ich: „Warum?"

„Weil Schlingenhagen uns viele Antworten auf viele Fragen geben könnte. Immerhin gibt es ein Ermittlungsverfahren in Düren wegen eines Toten. Dazu möchte ich Schlingenhagen befragen." Böhnke gab sich entschlossen. „Das Früchtchen schnappe ich mir."

Ich grinste vor mich hin. Meine abfälligen Äußerungen über Karl den Großen hatten offensichtlich Wirkung gezeigt. Oder wusste der Kommissar etwa mehr als ich?

Ich musterte ihn kritisch, doch er blickte ungerührt auf den Bildschirm.

Mehrmals stoppte Böhnke den Film, vergrößerte das Bild, bis er einzelne Köpfe herausgezogen hatte. Für einige Momente beließ er die Köpfe als Standbilder, dann ließ er das Videoband weiterlaufen.

„Die Bilder kommen gleich als farbige Fotoabzüge aus dem Drucker", erklärte Böhnke mir zufrieden. „Dank moderner Technik ist das heutzutage alles möglich." Diese Bilder werde er an die Kollegen in Düren und Paderborn schicken. „Vielleicht kennen die den einen oder anderen."

Wir diskutierten noch über den Film, als das Telefon klingelte. Böhnkes Assistent nahm ab und reichte den Hörer nach kurzer Zeit kopfschüttelnd an mich weiter.

Erstaunt meldete ich mich und vernahm die Stimme von Bahn, der sich aufgeregt meldete. Er müsse unbedingt mit mir sprechen, sagte er hastig, und hätte über die Kanzlei die Nummer der Polizei erhalten.

Dann musste es wirklich dringend sein, sonst hätte Sabine nicht so großmütig gehandelt.

„Was gibt's denn?", fragte ich ruhig, während Bahn immer noch heftig schnaufte.

„Ich bin auf eine merkwürdige Sache gestoßen", antwortete der Redakteur aufgeregt. „Ich habe mir natürlich noch einmal das Video angesehen und dabei einen Typen aus Düren entdeckt, den ich vom Aussehen her kenne. Ich habe recherchiert und den Namen herausbekommen. Und wissen Sie was?" Bahn konnte einen gewissen Stolz nur schwer verheimlichen. „Der Name befindet sich auf der Liste, die Sie von der Wewelsburg haben. Das ist einer der Teilnehmer aus Düren an dem Treffen oder was es dort gegeben hat."

„Wie heißt er?"

„Anton Köhnen aus Derichsweiler."

„Haben Sie schon mit dem Mann gesprochen?", fragte ich interessiert. Die Information hörte sich durchaus Erfolg versprechend an.

„Hätte ich gerne getan, aber Köhnen ist nicht zu Hause", antwortete Bahn bedauernd. „Wie mir seine Eltern erzählt haben, ist er seit ein paar Tagen bei Freunden in der Nähe von Paderborn zu Besuch."

Ich wollte gar nicht wissen, woher Bahn sein Wissen hatte, für mich kam es auf das Ergebnis an und das konnte sich sehen lassen. Wahrscheinlich hatte Bahn ebenso seine privaten Beziehungen zur Polizei wie unsereins auch. Immerhin war er Journalist und

hatte, wie Böhnke einmal voller Bewunderung berichtet hatte, schon mehrere Mordfälle in Düren in
Zusammenarbeit mit Kommissar Küpper aufgeklärt.
Böhnke reagierte unverzüglich, nachdem ich ihn informiert hatte. Er rief sofort bei der Kripo in Düren
und anschließend seine Kollegen in Paderborn an
und bat sie, gemeinsam mit ihm nach Anton Köhnen
aus Düren-Derichsweiler zu fahnden.

## Meinhard Lüttgen

Die Zusammenarbeit der Ermittlungsbehörden funk-
tionierte reibungslos und führte schnell zu einem Ergebnis, das allerdings zwangsläufig zur Folge hatte,
dass Bahn auf sein Gespräch mit dem tumben Zeitgenossen aus seiner Dürener Heimat verzichten
musste. Seine Information, wonach sich der Kerl in
der Nähe von Paderborn aufhalten sollte, traf durchaus zu. Unrichtig hingegen war die Annahme, Anton
Köhnen habe sich dort mit Freunden getroffen.
Oder hatte ich etwa ein falsches Verständnis von
Freundschaft unter Männern? Diese Freundschaft
war jedenfalls eine, die über Leichen ging, nämlich
über die der Dummbacke aus Düren. Köhnen wurde

tot in einem Gebüsch im Park von Schloss Neuhaus gefunden.

Schüler einer benachbarten Schule für Behinderte hatten bei einem Spaziergang die Leiche gefunden. Sie waren im wahrsten Sinne des Wortes darüber gestolpert, als sie versuchten hatten, ihrer Begleitlehrerin zu entwischen und sich zu verstecken. Die Erzieherin hatte sofort die Polizei alarmiert, die bei der Spurensuche schnell zu einem eindeutigen Ergebnis kam.

Köhnen war, mit im Rücken gefesselten Händen, skrupellos exekutiert worden. Mit einem Genickschuss war ihm das Leben aus dem Leib gepustet worden. Der Tatort war allem Anschein nach auch der Fundort.

Die Identifizierung der Leiche bereitete überhaupt keine Probleme. Der Kommissar, der den Fall bearbeitete, hatte noch das Fax aus Düren mit dem Konterfei des Opfers auf seinen Schreibtisch liegen. Binnen weniger Minuten war die Kriminalpolizei in Aachen und Düren benachrichtigt, jedenfalls musste ich das annehmen, als mich Bahn anrief und mir den Sachverhalt schilderte.

„Es ist verflixt, in Düren stirbt ein Typ aus Aachen unter mysteriösen Umständen, bei Paderborn wird ein Typ aus Düren kaltblütig hingerichtet." Bahn stöhnte. „Können Sie mir erklären, was das bedeuten soll?"

„Nein", antwortete ich kurz angebunden. Zum einen musste ich mir meine Notizen machen, zum anderen wurmte es mich, dass dieser saloppe Journalist aus Düren vor mir Informationen aus Kreisen der Polizei erhielt. Da sah ich keine Veranlassung, ihm mit meinen Gedanken auch noch auf die Sprünge zu helfen.

„Ich auch nicht", bekannte der Tageblatt-Redakteur freimütig und gab sich zuversichtlich. „Dann werde ich halt mein Glück ohne Ihre Unterstützung suchen." Gönnerhaft bot er mir an, sein Wissen mit mir zu teilen. „Gemeinsam werden wir die Nuss schon knacken", meinte

er forsch. Ich sei ja berühmt-berüchtigt für die Aufklärung von Verbrechen.

Ich schwieg zu dieser anscheinend schmeichelhaft gemeinten Bemerkung und kam rasch zum Ende des Telefonats. Ich brauchte Ruhe, um meine Gedanken neu zu sortieren nach den neuen Tatsachen aus Paderborn. ,Da hat Karl der Große uns etwas Schönes eingebrockt', dachte ich mit einem Anflug von Ironie und musste über die Zweideutigkeit schmunzeln, die ich unbeabsichtigt von mir gegeben hatte.

Es musste Zusammenhänge geben zwischen dem Toten aus Aachen und dem Toten aus Düren, die fern der Heimat sterben mussten. Ein Zusammenhang war jedenfalls unverkennbar: Die Männer standen beide auf der Liste des Freundschaftstreffens auf der

Wewelsburg, beide waren außerdem in Düren gewesen: Der Aachener Münstermann als vergeblich um sein Leben kämpfender Schwimmer, der Dürener Köhnen als Gaffer am Ufer, als einer der vielen, wie auch Schlingenhagen und dessen dicklippiger Freund aus Westfalen. Das war für mich nicht mehr nur ein Zufall, da bestanden Querverbindungen, die ich herausfinden musste.

„Warum eigentlich?", fragte mich Dieter, den ich in meine Überlegungen einweihte. Er hatte sich in den Sessel vor meinem Schreibtisch gesetzt und sah mich müde an. Von der Urlaubsfrische war bei ihm nichts mehr zu spüren.

Ich starrte ihn entgeistert an. Tat er so blöd oder war er tatsächlich so blöd? „Ich versuche, deinen besten Mandanten bei der Stange zu halten", erinnerte ich ihn überflüssigerweise, denn das hätte mein Brötchengeber trotz seines fehlenden Kurzzeitgedächtnisses noch wissen müssen. „Außerdem stößt mir der Stacheldraht bei der Hohensyburg immer noch sauer auf, mein Freund."

Dieter nickte bedächtig, er hatte offenbar verstanden. „Und was willst du tun?"

Ich zuckte mit den Schultern. „Ich werde momentan nicht viel tun können. Unsere Freunde von der Polizei sind gefordert, um Schlingenhagen oder die Dicklippe ausfindig zu machen." Ich grinste. „Die sollen endlich ihren besten Mann losschicken."

„Böhnke?"

„Quatsch", antwortete ich, „Kommissar Zufall."

Dieter und ich sahen uns verblüfft an, als fast im gleichen Augenblick das Telefon klingelte und Sabine eine Verbindung mit Böhnke herstellte.

Über den hingerichteten Mann aus Düren brauche er mich nicht mehr zu informieren, da sei ihm schon jemand zuvorgekommen, brummte ich in den Hörer.

Deswegen rufe er auch nicht an, entgegnete der Kommissar gelassen. Es sei ihm klar, dass mein neuer Freund aus Düren mich brühwarm unterrichtet hätte. „Er hat auch schon bei mir angerufen und mich über mögliche Zusammenhänge zwischen den beiden Toten sowie Schlingenhagen und dessen Spezi aus Paderborn befragt."

‚Bahn ist ein raffinierter Mistkerl', dachte ich durchaus anerkennend. „Was haben Sie ihm geantwortet?"

Böhnke lachte verschmitzt. „Was schon? Möglich sei alles, habe ich gesagt. Ich bin doch nicht berechtigt, Polizeifremden von Ermittlungsverfahren zu berichten."

Dann würde der Journalist die Ergebnisse halt über seine Dürener Schiene bekommen, wandte ich ein, aber das schien Böhnke nicht zu stören.

„Das fällt nicht in meinen Zuständigkeitsbereich", meinte er ruhig.

Ob ich nicht wissen wolle, was er mir zu sagen hätte, fuhr er geheimnistuerisch fort. „Interessieren Sie sich nicht mehr für Meinhard Lüttgen?"

„Für wen?"

Mit meinem Kombinationsgeschick sei es auch nicht mehr weit, lästerte Böhnke kameradschaftlich, statt mir eine Antwort zu geben. „Kennen Sie Meinhard Lüttgen wirklich nicht?"

„Aber sicher doch", antwortete ich betont lässig. „Das ist doch der Platzwart der Alemannia, der auch für die Hotelreservierungen bei Auswärtsspielen zuständig war. Oder war es etwa doch der Mundschenk von Karl dem Großen, der für seinen Herrn beim Feldzug gegen die ungläubigen Sachsen die Wildschweinhaxen und den Weißwein probieren musste?" Ich flüchtete mich in den Humor, um meine momentane Denkunfähigkeit zu überbrücken. Der Name Meinhard Lüttgen sagte mir nichts und ich wusste nicht, mit welchem Gesicht ich ihn in Verbindung bringen sollte.

Mit Karl dem Großen läge ich nicht einmal so falsch, schmunzelte der Kommissar. „Meinhard Lüttgen ist gewissermaßen das Gegenstück von Karl dem Großen. Was der junge Schlingenhagen für Aachen ist, das ist der junge Lüttgen für Paderborn. Ein nichtsnutziger Spross aus einem reichen Elternhaus, dessen einziges Lebensziel es ist, das Geld seiner Familie unters Volk zu bringen, ohne arbeiten zu müssen."

Die Polizei in Paderborn habe anhand des Porträts aus dem Fernsehfilm den Mann identifiziert. „Das ist ein großkotziger Schaumschläger, ohne Ausbildung und Anstand, der sich als Tunichtgut durchs Leben hangelt. Es scheint, als hätten sich Schlingenhagen und Lüttgen gesucht und gefunden." Die beiden seien ein Kaliber, dieselben schrägen Vögel, die glauben, alle Rechte seien nur für sie da und alle Pflichten nur für andere. Böhnke machte kein Hehl aus seiner Abneigung. „Sie kennen ihn als in Leder gekleidete, rothaarige Dicklippe, Herr Grundler."

Ich unterbrach ihn aufgeregt. „Wie ist die Polizei auf ihn gekommen?", fragte ich schnell.

Eine dubiose Sache hätte Lüttgen in die Polizeiakte gebracht, antwortete Böhnke. „Er ist angeblich vor zwei oder drei Jahren entführt worden. Als der Vater sich weigerte, das Lösegeld zu zahlen, tauchte der Sohn urplötzlich wieder auf. Unbekannte hätten ihn in eine Kiste gesteckt und überraschend auf einem Parkplatz freigelassen, hat er erzählt. Es war ihm nicht nachzuweisen, dass er die Entführung nur vorgetäuscht hatte, wie vermutet wurde."

„Wo ist Lüttgen jetzt?"

„Keine Ahnung. Die Paderborner Kollegen haben keine Veranlassung, nach ihm zu fahnden, weil gegen ihn nicht ermittelt wird. Sie haben Lüttgen lediglich über die Adresse der Eltern schriftlich aufgefordert, sich bei Gelegenheit einmal zu melden."

Das verstand ich nicht. Die Dicklippe war mindestens Augenzeuge bei einem Todesfall gewesen und wurde nicht einmal verhört. Und er war der Spezi von Karl dem Großen. Das müsste doch Grund genug für eine Vernehmung und eine Fahndung sein, sagte ich ungehalten.

„Für Sie vielleicht, Herr Grundler", lachte Böhnke bitter, „nicht aber für meine Kollegen in Ostwestfalen. Sie haben sich mit ungeklärten Mordfällen zu beschäftigen und nicht mit heruntergekommenen Muttersöhnchen. Die erdrosselte Internatsschülerin bestimmt immer noch die

Medien. Das ist der Skandal des Sommers da hinten. Die öffentliche Meinung im wilden Osten setzt die Kriminalpolizei gehörig unter Druck."

‚Wenigstens etwas', tröstete ich mich nach dem Telefonat. Jetzt hatte die Dicklippe endlich einen Namen und nicht nur ein Gesicht. Meinhard Lüttgen hieß der Paradiesvogel, der mit dem zuhälterischen Karl Schlingenhagen vogelfrei durch die Weltgeschichte kutschierte.


Ich wollte mich endlich lustlos auf die alltägliche Kanzleiarbeit konzentrieren, als erneut meine Wenigkeit verlangt wurde. Unangemeldet und ohne Termin erschien der AZ-Reporter in meinem Büro. Er hätte ohnehin in der Geschäftsstelle der AZ an der Theaterstraße zu tun gehabt, da sei er halt auf einen kurzen Sprung vorbeigekommen, sagte der Journalist unbefangen, als er sich mit der größten Selbstverständlichkeit vor mir in den Besuchersessel setzte.

Der Mann sah beileibe nicht wie ein rasender Reporter aus, auch nicht wie ein Journalist. Jedermann hätte den relativ kleinen Mann wohl für einen Bürokraten gehalten. Das Auffälligste an ihm war die zu kleine Brille auf der zu großen Nase, die offensichtlich einen intellektuellen Gesichtsausdruck bewirken sollte.

Der Schreiberling kam ohne Umschweife zum Thema: „Ich habe heute in der Redaktion wieder einen anonymen Anruf erhalten. Der Kerl wollte wissen, warum ich nichts geschrieben hätte."

„Und? Was haben Sie gesagt?" Auf die Antwort war ich gespannt.

„Ich habe geantwortet, die Anwaltskanzlei Schulz hätte sich wegen meiner Anfrage Bedenkzeit erbeten und würde heute eine Stellungnahme abgeben." Der AZ-Reporter sah mich grinsend an. »Begeistert war unser Anonymus nicht. Er hat mir dann gesagt, die Kanzlei sei vom Mandat
für Schlingenhagen entbunden und eine andere beauftragt worden. Stimmt das?"

Ich schüttelte den Kopf. „Hat er Ihnen unseren angeblichen Nachfolger genannt?"

»Nein. Das würden Sie mir sagen, hat er gemeint."

Ich lachte. Das war das Schlupfloch. „Ich kann doch nicht über den Kopf eines Mandanten hinweg über einen vermeintlichen Wechsel reden." Das könnte allenfalls der Mandant. „Wir haben eine Verschwiegenheitspflicht."

„Also ist etwas an der Geschichte dran?", folgerte der Schreiberling.

Ich stand auf und trat ans Fenster. „Es hat sich nichts geändert seit gestern und ich kann Sie weiterhin nur um Zurückhaltung bitten." Ich drehte mich um und sah dem Journalisten fest in die Augen. „Sie bekommen von mir die Geschichte des Jahres schlechthin, wenn Sie sich zurückhalten."

„Ich kann nicht mehr lange warten", entgegnete der Schreiberling geschäftig. „Der Kerl erwartet von mir, dass ich für morgen etwas schreibe, anderenfalls würde er die anderen Medien in Aachen informieren." Er breitete die Arme aus und fragte mich: „Also, was soll ich machen?"

„Nichts", antwortete ich lässig. „Bis morgen haben Sie von mir alle Informationen, die Sie brauchen", behauptete ich kühn. „Morgen früh kläre ich Sie über alles auf."

Was ich nicht zu hoffen gewagt hatte, trat ein. Der Schreiberling stimmte meinem Vorschlag zu. „Morgen um zehn ist Feierabend. Dann will ich Salz zu den Kartoffeln." Ob ich nicht wenigstens ein paar Informationen geben könne, wollte er mich locken.

Doch ich winkte ab. „Sie könnten vielleicht unwissentlich alles kaputtmachen, wenn irgendjemand, mit dem Sie unabsichtlich reden, falsche Schlüsse zieht."

Der AZ-Reporter stand auf, um sich zu verabschieden.

„Noch eine Frage", sagte ich, während ich ihm die Hand reichte. „Welchen Eindruck haben Sie von dem anonymen Anrufer?"

„Er tut zumindest so, als sei er bestens im Bilde", antwortete der Journalist bereitwillig. „Aber diesen Eindruck erwecken die meisten der anonymen Schleimscheißer. Sie geben sich souverän, allwissend und prahlen mit angeblichen Tatsachen, die von anderen verheimlicht werden

und die Sie kennen."

„Was hat er von seinem Anruf? Wo liegt der Vorteil?", fragte ich weiter, während ich den Journalisten an unserem Rezeptionsdrachen Fräulein Schmitz vorbei zum Kanzleiausgang begleitete.

„Sein Vorteil liegt wahrscheinlich im Nachteil der anderen begründet", antwortete der AZ-Reporter. Häufig ginge es anonymen Anrufern in erster Linie darum, anderen zu schaden. „Da ist oftmals Neid im Spiel."

Auch nach der Mittagspause rissen die Überraschungen nicht ab. Ich hatte gerade auf Dieters Kosten im

Degraa am Theater einen Salatteller verspeist, als mich Böhnke zu sprechen wünschte. Es sei angeblich dringend, behauptete Sabine in seinem Sinne bei meiner Rückkehr.

Dann könne nur der Hühnerstall in Huppenbroich abgebrannt sein, vermutete ich besorgt, als ich im Polizeipräsidium anrief, um dem Kommissar mein aufrichtiges Mitgefühl zu bekunden.

So schlimm sei es gerade nicht, wies er meine Besorgnis schmunzelnd zurück, um dann ernst zu werden. „Ich habe noch einmal Dampf gemacht bei meinen Kollegen in Paderborn wegen Lüttgen und seiner Beziehung zu Schlingenhagen junior, zumal der andere Schlingenhagen junior auch kein Unbekannter war. Und, Sie werden es nicht glauben, es hat etwas genutzt." Die Polizei habe Lüttgen aufgetrieben und zu einer Vernehmung ins Büro gebracht. „Übrigens allein. Lüttgen saß in einem Schicki-Micki-Café in irgendeiner Passage in der Innenstadt", fügte der Kommissar beiläufig an.

„Ich habe am Telefon die Vernehmung mithören dürfen", fuhr er fort. „Nicht ganz astrein, aber Lüttgen hat es nicht mitbekommen."

Wo die Dicklippe die letzte Zeit gewesen sei, hätten die Polizisten wissen wollen, berichtete mir Böhnke. Lüttgen habe relativ lässig über seinen Tagesablauf erzählt und unumwunden zugegeben, in der letzten

Zeit häufiger mit einem Freund aus Aachen unterwegs gewesen zu sein. Unter anderem habe man auch bei einem Ausflug in die Eifel den vergeblichen Rettungsversuch eines Ertrinkenden beobachten müssen, ohne helfend eingreifen zu können. Vor ein paar Tagen hätten sich seine Wege und die von Schlingenhagen wieder getrennt. Er wisse nicht, wo sich sein Freund derzeit aufhalte.

„Ich habe dann noch wissen wollen, wo sich Lüttgen zum Zeitpunkt des Brandanschlags in Merzbrück aufgehalten habe", berichtete mir der Kommissar weiter. „Aber dafür hat er wohl das beste Alibi, das man sich denken kann. Wie er zu Protokoll gegeben hat, sei er gegen neun

Uhr morgens auf dem Weg von Paderborn nach Bad Driburg auf der Bundesstraße von einer stationären Radarkamera geblitzt worden." Böhnke machte eine kurze Pause. „Seine Aussage stimmt. Zwar hatte die Verkehrspolizei den Halter des Fahrzeugs noch nicht ermittelt, aber er ist es nach seiner eigenen Darstellung und es scheint, als habe Lüttgen auch am Steuer gesessen. Eine zweite Dicklippe dieses Formats ist schlicht unwahrscheinlich."

„Was bedeutet diese Aussage für uns?", wollte ich unbehaglich wissen.

„Nichts Gutes", antwortete Böhnke sachlich. „Der Typ scheint mit allen Wassern gewaschen und obendrein sauber. Den kriegen wir aus der Ferne nicht zu packen und die Kollegen in Ostwestfalen auch nicht."

„Mit anderen Worten: Wir müssen Schlingenhagen junior finden, um weiter zu kommen?"

„So ist es", bestätigte der Kommissar mit scheinbarer Gelassenheit. „Er wird uns vieles erklären können und müssen, und ich befürchte, dass wir anschließend mit leeren Händen dastehen."

Diesen Pessimismus wollte ich nicht teilen. So schnell würde ich die Flinte nicht ins Korn werfen, meinte ich aufmunternd zu Böhnke.

Das könne er verstehen, entgegnete er. „Aber ich sehe die Sicht der Polizei und aus dieser Sicht der Dinge haben wir verdammt schlechte Karten in dieser Partie."

Mir hingegen schien es, als hielten wir mehr Trümpfe in der Hand, als wir uns gestern noch vorgestellt hatten. Mit etwas Glück könnten wir eine verdammt große Schweinerei aufklären, wobei, und da wollte ich Böhnke gewiss nicht widersprechen, Karl der Große die Schlüsselrolle spielte oder gegebenenfalls spielen musste. Notgedrungen würde ich sie ihm sogar aufdrängen müssen. Aber das würde dann mein eigenes Spiel sein, an dem ich die Polizei besser nicht offiziell beteiligte.

Mehr und mehr passten die Bruchstücke zusammen, die ein in sich schlüssiges Ganzes bildeten. Es fehlten mir nur noch die Beweise. So lange ich sie nicht wasserdicht vor mir liegen hatte, konnte ich meine Karten nicht offenlegen. Die Gefahr, dass mich alle Welt auslachte, war einfach zu groß.

Lediglich Sabine hatte ich unter Androhung des Verlustes meiner Freundschaft eingeweiht und ich hatte neben ungläubigem Staunen auch einen Heiterkeitserfolg geerntet.

„Tobias, du bist halt ein Phantast", hatte sie gesagt und mich tröstend geküsst.


## Rückkehr


Nach tröstender Zärtlichkeit war meiner Liebsten allerdings nicht, als sie mir einen Anrufer durchstellen wollte. „Tobias, sitzt du gut? Schlingenhagen will dich sprechen."

„Welcher? Der alte oder der junge?"

„Der alte. Er wollte zunächst mit Dieter sprechen. Aber der ist nicht im Büro. So will er notgedrungen mit dir reden. Der Mann scheint ziemlich aufgebracht."

Wenn's weiter nichts war. Über meinen Gemütszustand wollte auch niemand Bescheid wissen. Aber es gab einen wesentlichen Unterschied: Ein aufgebrachter Mandant oder ein Ex-Mandant konnten meinem Chef Honorar verschaffen oder nicht. Das leidige Anwaltshonorar war es, das Schlingenhagen aufregte. Ohne lange auf meine launische Begrüßung nach dem werten Befinden einzugehen, polterte Schlingenhagen los.

„Der Stippach will von mir einen Vorschuss von 100.000 Mark", schimpfte er. „Ist das üblich?"

„Vorschuss schon", antwortete ich beruhigend, „aber nicht in der Höhe." Wir würden in aller Regel auf Vorschussleistungen verzichten, weil wir von der Seriosität unserer Mandanten überzeugt seien, schmeichelte ich dem Unternehmer. ‚Der kollegiale Rechtsverdreher hatte es offenbar nötig', sagte ich mir.

„Ich will mit dem nichts mehr zu tun haben, Herr Grundler", fuhr Schlingenhagen wütend fort. „Ich will, dass Sie mich wieder vertreten."

Es gäbe nichts, das wir lieber täten, schleimte ich untertänig und bat den Industriellen, uns ein Fax mit seiner Beauftragung zu schicken.

„Wo sind Sie eigentlich?", fragte ich neugierig.

„In der Toscana", antwortete Schlingenhagen bereitwillig. „Ich kann hier wenigstens ungestört mit den Iren verhandeln."

„Ist Ihr Sohn bei Ihnen?"

„Nein."

„Aber Stippach weiß, wo Sie sind?"

„Ja. Immerhin sollte er mich vertreten."

‚Und ausnehmen wie ein gutgebratener Weihnachtsputer', dachte ich für mich weiter. „Was hat er Ihnen denn gesagt?", fragte ich.

„Er meinte nur, es seien unvorhersehbare Schwierigkeiten eingetreten, sodass er sich nur noch um meine Angelegenheiten kümmern könne und andere Mandanten habe abweisen müssen. Deshalb sei ein Vorschuss in dieser Höhe auch gerechtfertigt."

Diese Behauptung sollte glauben, wer wollte. Ich sah darin die diskrete Umschreibung, dass Stippach froh war, endlich wieder einmal einen solventen Mandanten an der Angel hatte, der ihn vom Nichtstun befreite.

„Hat Stippach die Schwierigkeiten konkretisiert?"

„Hat er", bestätigte Schlingenhagen immer noch erregt. „Er faselte etwas von einem Journalisten, der ihm wegen des Firmenverkaufs auf der Pelle klebe und den er mit Geld zum Stillschweigen bewegen wolle. Dann würde außerdem Ihre Kanzlei noch widerspenstig sein, sodass er einen Fachkollegen und die Anwaltskammer eingeschaltet hätte, um Sie in die Schranken zu weisen."

Der Name dieses Fachkollegen würde mich sehr interessieren, unterbrach ich Schlingenhagen schnell.

Doch hatte Stippach vorsorglich einen Namen nicht genannt. Wahrscheinlich gab es den sogenannten Fachkollegen überhaupt nicht.

Dann wäre der Begriff Auslagen wahrlich angebrachter als der des Vorschusses, gab ich zu bedenken. Doch selbst in diesen Kleinigkeiten war der Winkeladvokat sehr oberflächlich.

Aber diese Bemerkung interessierte Schlingenhagen nicht sonderlich. „Ich will nichts mehr mit dem Kerl zu tun haben", wiederholte er sich.

Das ließe sich nicht vermeiden, entgegnete ich. „Ihr Sohn lässt sich weiterhin von ihm vertreten, denke ich mal", erinnerte ich ihn vorsichtig.

„Das ist momentan nicht mein Problem", schnaubte der Fabrikant. „Was mit meinem Sohn ist, darüber müssen wir uns später noch einmal unterhalten. Die Sache mit dem vorzeitigen Erbteil ist noch nicht ausgestanden."

Ich hielt es für angebracht, diese Aussage nicht laut zu kommentieren. So behielt ich mir die Möglichkeit, sie bei passender Gelegenheit in meinem Sinne zu interpretieren; und diese passende Gelegenheit würde sich mir heute noch bieten. Ich freute mich schon auf mein Telefonat mit Stippach.

„Wo finde ich eigentlich Ihren Sohn Karl?", fragte ich Schlingenhagen ohne große Erwartung auf eine aufklärende Antwort.

„Wo schon?" Schlingenhagens Stimme wurde schneidend. „Der zockt irgendwo herum. Der verspielt doch jeden Pfennig, den er in die Finger kriegt."

Insgeheim triumphierte ich. Ich hatte es mir gedacht, dass Karl der Große ein Spieler war; ein Spieler, der wahrscheinlich nicht nur mit Geld spielte, und ein Spieler, der garantiert nicht alleine spielte.

Mit der Zusage, alle seine Wünsche erfüllen zu wollen, wollte ich das Gespräch beenden. Glücklicherweise fragte ich noch nach dem Stand der Übernahmeverhandlungen.

„Wir dürften uns heute einigen", antwortete Schlingenhagen.

„Dann sind Sie und Ihr Chef gefordert, dann müssen Sie mit den Iren die Verträge ausarbeiten." Noch einmal betonte der Industrielle die absolute Diskretion.

„Wenn nur ein Wort nach außen dringt, platzt das Geschäft. Dann löse ich den Laden sofort auf."

„Weiß das Stippach?"

„Ja, selbstverständlich. Ich habe ihn eingeweiht. Es schien mir, als wollte er lieber auf eine Übernahme des Betriebs durch meinen Sohn hinarbeiten. Aber das ist gänzlich ausgeschlossen."

‚Und bist du nicht willig, dann brauch' ich Gewalt', dachte ich mir. Ich traute Stippach durchaus jede Schmutzigkeit zu, auch wenn sie darin bestand, den Verkauf platzen zu lassen und Karl den Großen zu etablieren; garantiert mit einem üppig ausgestatteten Beratervertrag für sich selbst.

Mein Anruf in der AZ-Redaktion nutzte eigentlich nur der Telekom, die ein paar Kröten als Gebühren verbuchen durfte.
Der Reporter schäumte fast vor Wut, als ich ihn aufklärte. Selbstverständlich habe ihm niemand Geld geboten für das Verschweigen einer Information, versicherte er mir glaubwürdig. „Wer das behauptet, hat sofort die Anwaltskanzlei Schulz am Hals", polterte er verärgert los.
Mit dem Versprechen, mich morgen um zehn bei ihm zu melden, verabschiedete ich mich, um mich genüsslich auf das Telefonat mit Stippach vorzubereiten.

Ob er uns vergessen hätte?, fragte ich ihn böse. „Ich warte immer noch auf Ihr Schreiben. Oder ist Ihr Fachkollege zu der Erkenntnis gekommen, es sei für Sie besser, sich nicht mit uns anzulegen?"
Stippach hielt es für angebracht, störrisch zu schweigen.
„Das ist brav, wenn Sie Ihre Klappe halten", lobte ich ihn höhnisch. „Sie bekommen übrigens gleich ein Fax von Schlingenhagen. Den Inhalt können Sie sich denken, er verzichtet auf Ihre Dienste."
„Aber ...", Stippach wollte protestieren.

Doch ließ ich ihn nicht zu Wort kommen. „Auch die Medien verzichten auf Ihre Dienste. Sie sollen mir übrigens den Journalisten nennen, der sich sein Schweigen erkaufen will. Ich soll ihn im Auftrag von Schlingenhagen wegen Erpressung und Nötigung verklagen."

Wieder wollte Stippach etwas erwidern, erneut bremste ich ihn aus. „Ich erwarte außerdem, dass Sie die anonymen Anrufe bei der AZ unterlassen. Niemand außer Ihnen kennt die Informationen, die an die Redaktion gegeben wurden. Wenn noch ein Anruf kommt, schleppe ich Sie vor den Kadi. Sie wissen, was für Schlingenhagen auf dem Spiel steht. Ich mache Sie wegen Bruchs des Mandantenvertrauens verantwortlich, falls Ihretwegen der Firmenverkauf scheitert."

Auch Stippachs dritten Versuch, ins Gespräch zu kommen, unterband ich im Ansatz. „Sie sind wirklich das kleinste aller Übel, mit denen ich mich herumschlage. Um Ihre Machenschaften aufzuklären und zu beweisen, brauche ich keinen Tag", sagte ich selbstsicher. „Sie stehen schneller ohne Anwaltslizenz auf der Straße, als Sie sich vorstellen können." Es sei deshalb auch in seinem Sinne, das Thema Schlingenhagen auf sich beruhen zu lassen. Noch habe er ja das Mandat für Schlingenhagen junior. Damit solle er sich begnügen und darauf solle er sich konzentrieren, empfahl ich ihm. Alle anderen Fälle seien für ihn eine Nummer zu groß.

„Haben Sie mich verstanden, Herr Kollege?", fragte ich streng.

Wieder schwieg Stippach sehr lange. Dann sagte er kleinlaut: „Ja."

Triumphierend legte ich den Hörer auf und berichtete Dieter stolz von meinem Erfolg.

Mein Verhalten sei hart am Rande der Legalität gewesen, gab mein Freund trotz seiner Freude zutreffend zu bedenken.

Aber das kümmerte mich wirklich nur am Rande. Ich hatte eine zusätzliche Aufgabe. Ich wollte Stippach restlos demontieren.

# Vertraulichkeiten

Für mich sei der Fall, der sich um Franz Schlingenhagen und dessen Freundin Roswitha Thiele rankte, im Prinzip geklärt, meinte ich zu Böhnke, als er mich am Abend zu einem vertraulichen Gespräch ins Knossos, fast direkt neben meiner Wohnung eingeladen hatte. „Mir fehlen nur die Beweise, beziehungsweise einige Aussagen von Schlingenhagen und der Dicklippe."

Karl der Große war spurlos verschwunden. Selbst der urplötzlich so entgegenkommende Stippach wusste nicht, wo sich sein Mandant aufhielt. Bedauerlicherweise sah die Polizei keinen zwingenden Grund, intensiv nach Schlingenhagen fahnden zu lassen.

„Für uns ist er immer noch Zeuge, nicht Verdächtiger", hatte der Kommissar dazu erklärt. „Wo kämen wir bloß hin, wenn wir wegen jedes Zeugen unseren kompletten Fahndungsapparat in Bewegung setzen würden?"

Ich stimmte ihm schweren Herzens zu. „So lange Schlingenhagen verschwunden ist, kommen wir aber nicht weiter", gab ich zu bedenken.

Dabei war es nach Auffassung von Böhnke nicht einmal sicher, dass durch Schlingenhagens Aussage die vielen unnatürlichen Tode auch aufgeklärt werden könnten. Damit stand der Kommissar mit seiner Ansicht im Gegensatz zu meiner, die ich aber noch für mich behielt. Die Dicklippe verhielt sich nach meinem Dafürhalten schon auffällig unauffällig. Es schien, als suche Lüttgen förmlich den täglichen Kontakt zur Polizei. Er lungerte fast immer nur in Szenecafés und Diskotheken herum und bändelte mit dem anderen Geschlecht an. Nichts deutete darauf hin, dass die Dicklippe an kriminellen Handlungen beteiligt war oder derartige Handlungen im Schilde führte.

Unauffindbar blieb der Sportwagen, in dem er mit Schlingenhagen junior vor mir abgehauen war. Böhnke vermutete, dass dieser Wagen irgendwo bei einem Dritten gut versteckt wurde.

„Wir stehen im Prinzip da, wo wir so oft bei unseren Ermittlungen stehen", sagte der Kommissar emotionslos, während er sich einen Grillteller servieren ließ. „Wir haben unsere Arbeit getan und legen die Akten beiseite, bis sich eventuell einmal neue Anhaltspunkte ergeben."

‚Das kann es doch nicht sein', grummelte ich vor mich hin und stocherte lustlos in meiner Salatplatte herum. „Haben Sie tatsächlich alle Spuren verfolgt?"
Böhnke nickte kauend.

Ich war mir nicht so sicher. Einen Aspekt hatte ich noch ausgemacht, der meines Erachtens nicht genügend gewürdigt worden war. „Sind Sie einmal allen Typen nachgegangen, deren Namen sich auf der Teilnehmerliste aus Paderborn befanden?" Ich zog das Blatt aus meiner Lederjacke.

Wieder ließ sich Böhnke beim Kauen nicht stören. Er nickte bloß.

„Auch die Typen aus dem Paderborner Bereich?"
Das hätten die Kollegen dort gemacht, nuschelte der Kommissar mit vollem Mund.

„Richtig", bestätigte ich ihm sogar, „Sie und Ihre Kollegen haben vor dem Mord im Park von Schloss Neuhaus die Liste überprüft." Dann spielte ich meinen Trumpf auf. „Und was ist danach?"

Böhnke schluckte und sah mich fragend an.

Ich deutete auf die Kopie. „Mich würde interessieren, wo sich beispielsweise …", ich ließ meine Augen über die Namensliste schweifen, „Wilfried Tölken aus Geseke aufhält."

„Warum ausgerechnet er?"

„Weil er gelernter Kfz-Mechaniker und -elektriker ist", antwortete ich.

Böhnke dachte kurz nach, dann grinste er. Offenbar hatte er mich verstanden. „Ich werde mich morgen als Erstes darum kümmern", versprach er mir.


Bereits in den Tagen zuvor hatte ich ähnliche Erfolgserlebnisse, die mir aber nicht den Blick für das trostlose Ganze trüben konnten.

Voller Erstaunen hatte zunächst der AZ-Reporter in der Kanzlei angerufen und von einem letzten anonymen Anruf berichtet. Es sei alles vollkommen falsch gewesen, hätte ihm der Anrufer gesagt und eindringlich gebeten, es dürfe keine Zeile in der Zeitung darüber stehen.

Mein schallendes Gelächter konnte der Schreiberling nur schwer verstehen und er drängte mich um Aufklärung.

Zunächst wollte ich ihn abwimmeln und vertrösten. Dann überlegte ich es mir anders. Vielleicht konnte ich den Journalisten für meine Zwecke einspannen.

Mit allem, was ihm an seiner preisgekrönten Journalistenehre heilig sei, versprach er mir, so lange zu schweigen, bis die Angelegenheit in trockenen Tüchern sei. „Ich schweige, bis Sie mir grünes Licht für eine Veröffentlichung geben, Herr Grundler."

Es gäbe zwei Sachen, sagte ich ihm unter dem Deckmäntelchen der Verschwiegenheit. „Schlingenhagen will in der Tat sein Unternehmen verkaufen. Der Standort Aachen mit den vielen Arbeitsplätzen ist in Gefahr, wenn diese Verkaufsabsicht vor Vertragsabschluss publik wird. Dann macht nämlich Schlingenhagen den Laden dicht, ohne eine Nachfolgeregelung zu suchen."

Der AZ-Reporter stöhnte: Das darf ich wirklich nicht schreiben?"

„Nein", antwortete ich streng. „Sie würden vieles kaputt machen." Er würde aber exklusiv von mir informiert werden, wenn der Verkauf perfekt ist, fuhr ich versöhnlich fort. „Dann bekommen Sie auch ein Interview mit Schlingenhagen."

Der Journalist schwieg für einen Moment. „Und was ist die zweite Sache?", fragte er dann.

„Es geht um den Sohn Schlingenhagen junior. Karl Schlingenhagen ist wie vom Erdboden verschwunden. Ich suche ihn überall und finde ihn nirgendwo."

„Warum?"

„Ich suche ihn, weil er einige Firmenanteile besitzt und den Veräußerungsvertrag genehmigen muss." Ich lockte den Schreiberling. „Wenn Sie ihn, natürlich ohne die Öffentlichkeit einzuschalten, für mich ausfindig machen, werde ich dafür sorgen, dass Sie bei der Vertragsunterzeichnung fotografieren dürfen.« Erneut schwieg der AZ-Reporter für geraume Zeit. „Sich mit Ihnen einzulassen, ist immer ein Abenteuer, Herr Grundler", sagte er schließlich, „aber immer ein lohnenswertes." Er hatte nicht vergessen, dass ich ihm nach dem Attentat bei der Karlspreisverleihung den Stoff geliefert hatte, aus dem er eine viel beachtete Serie gemacht hatte.

„Eine ähnliche Dimension dürfte diese Geschichte haben", köderte ich ihn und erinnerte an mein Versprechen, ihm alle Details aufzuschreiben.

Ich hatte dem Schreiberling bewusst verschwiegen, dass Schlingenhagen längst die Grundsatzerklärung zum Verkauf des Unternehmens unterzeichnet hatte. Gemeinsam mit den irischen Käufern war der Senior in die Kanzlei gekommen, wo ein aufgeregter Schulz die Erklärung in eine juristisch einwandfreie Form gefasst hatte.

Meine Anwesenheit beim feierlichen Akt war offensichtlich nicht erwünscht gewesen. „So, wie du herumläufst, vergraulst du mir nur die Kundschaft", hatte mein Brötchengeber mit einem Blick auf meine saloppe Kleidung naserümpfend behauptet. Anscheinend vergaß er verdammt schnell, dass er ohne mich niemals in den Genuss gekommen wäre, einen derartigen Vertrag aufsetzen zu können und richtig Geld zu verdienen.

Auch verstand ich nicht, was er an meiner frisch gebügelten Jeans und dem neuen, grauen Sweatshirt auszusetzen hatte. Ich zitierte Sabine, die immer, wenn auch bei anderen Gelegenheiten, zu mir sagte, es käme nicht auf die Verpackung, sondern auf den Inhalt an. Doch diesen Einwand konterte mein uneinsichtiger Chef mit der Bemerkung, ein guter Inhalt müsse auch entsprechend verpackt sein, und betrachtete sich dabei gockelhaft im Garderobenspiegel, um die Krawatte zu richten.

Damit waren wir wieder mittendrin in unserer leidigen Diskussion um die Kleiderordnung in der Kanzlei, die wahrscheinlich der entscheidende Knackpunkt sein könnte, an der unsere Gemeinschaftspraxis einmal scheitern könnte. Doch so weit war es noch nicht, um sich deswegen

den Kopf zu zerbrechen; mir fehlte immer noch die Zulassung der Anwaltskammer.

Das größte Problem beim Verkauf der Firma von Schlingenhagen war in der Tat Karl der Große. Ihn mussten wir unbedingt finden und zu einer Zustimmung bewegen. Aber diese Schwierigkeit änderte nichts an der Grundsatzerklärung, die im Prinzip besagte, dass Schlingenhagen an die Iren verkaufen und mit keinem anderen Interessenten verhandeln werde. Die Iren verpflichteten sich im Gegenzug, das Unternehmen zu erwerben zum Zwecke der Fortführung des Geschäfts und garantierten, nicht im Namen Dritter zu handeln.

Die eigentliche Ausgestaltung des Kaufvertrages sollte anschließend in Angriff genommen werden. Schulz hatte schon aus den Reihen unserer angestellten Anwälte zwei Kollegen deswegen abgestellt, die unter meiner Regie das Projekt bearbeiten sollten. Wirtschaftsrecht sei nun mal meine Abteilung, hatte mein Chef auf meinen Einwand hin lapidar gemeint. „Jetzt kannst du endlich beweisen, ob ich dich wirklich als gleichberechtigten Partner aufnehmen kann", hatte er grinsend gesagt.

Meine Erwiderung, er sei ein Blödmann, nahm er gelassen hin. Ich sei auch nicht besser als er, meinte er nur.

Böhnke hatte seine Absicht wahrgemacht und in Paderborn nachgefragt. Die Antwort, die er schon am Nachmittag erhielt, machte ihn nachdenklich und bestätigte ihm einmal mehr, dass ich eine gute Spürnase besaß.

„Tölken ist unauffindbar", berichtete er mir am Telefon. „Die Kollegen haben sich umhört, aber nichts erfahren. Er ist seit Tagen spurlos verschwunden."

„Er taucht bestimmt wieder auf", erwiderte ich zuversichtlich. Nur über seinen Zustand würde ich keine Wette abschließen. Ob tot oder lebendig, das war hier die Frage.

„Kann es sein, dass er mit Schlingenhagen unterwegs ist?", fragte der Kommissar grüblerisch.

Das mache keinen Sinn, entgegnete ich ohne nähere Begründung. Ich hatte meine Genugtuung, wieder einmal einen richtigen Schritt getan zu haben. Das spurlose Verschwinden von Tölken passte ins Bild, passte in mein Bild, wie ich mich korrigierte.

„Haben Ihre Kollegen noch etwas zu Lüttgen gesagt?", fragte ich abschließend.

„Nichts. Der scheint als harmloser Zeitgenosse durchs Luxusleben zu wandeln."


## Kneipenbummel

Für Karl Schlingenhagen war das Luxusleben in der Nacht plötzlich und überraschend vorbei. Im Spielcasino Hohensyburg erwischte ihn eine Angestellte, als er mit einem gefälschten 500-Mark-Schein an der Wechselkasse Spielmarken eintauschen wollte. Der Chef der exklusiven Spielhalle machte kurzes Federlesen, schnappte sich Karl den Großen, ließ die Polizei antanzen, die den protestierenden Großkotz mitnahm und in die landeseigene Pension ‚Zum Knast' steckte. Noch in der Nacht ging per Funk und Fax die Information an alle Polizeistationen und Spielcasinos, dass Falschgeld in Umlauf und deswegen eine aus Aachen stammende, männliche Person in Gewahrsam genommen worden sei.

Auch Böhnke las frühmorgens die Mitteilung und rief sofort in Dortmund an, wo ihm bereitwillig der Name des Festgenommenen genannt wurde. Wahrscheinlich, so wurde ihm signalisiert, sei der Mann selbst nur Opfer einer Täuschung geworden, das werde allerdings in aller Ruhe geprüft werden. Man werde Schlingenhagen im Laufe des Tages wohl wieder auf freien Fuß setzen.

„Bloß nicht", rief ich aufgeregt ins Telefon, als Böhnke mich benachrichtigte, „den brauchen wir."

„Keine Sorge", beruhigte mich der Kommissar. „Auf meine Bitte hin werden die Kollegen die Freilassung von Schlingenhagen so lange verschieben, bis wir gekommen sind und mit ihm gesprochen haben."

„Und wenn uns Stippach zuvorkommt?" Ich befürchtete, dass Karl der Große seinen Rechtsverdreher einschaltete und Stippach seinen Einfluss als Anwalt geltend machte.

„Das wird nicht geschehen", beruhigte mich Böhnke.

„Es gibt da so kleine Tricks und Kniffe, um die Kontaktaufnahme hinauszuzögern. Ehe Stippach den jungen Schlingenhagen in die Finger kriegt, haben wir uns das Früchtchen schon vorgeknöpft", versicherte er.

Seiner Empfehlung folgend rief ich bei Schlingenhagen senior an und brachte ihn dazu, mich zu beauftragen, Schlingenhagen junior zu kontaktieren.

In Böhnkes Dienstwagen fuhren wir nach Dortmund. Die Kollegen im Präsidium erwarteten bereits den Kommissar aus Aachen und bestätigten ihm, dass Schlingenhagen gutgläubig mit dem Falschgeld bezahlen wollte. Im Laufe der Nacht seien noch zwei weitere gefälschte Scheine sichergestellt worden und zwar bei Personen, die über jeden Zweifel erhaben seien; bei einem Landtagsabgeordneten aus Jülich im Rheinland und seinem Freund, einen Spitzenbeamter der Bezirksregierung Köln. Sie habe man selbstverständlich nicht eingebuchtet, fuhr Böhnkes Kollege fort. Eigentlich hätte man auch Schlingenhagen sofort wieder auf freien Fuß setzen können.

„Aber er war so arrogant und renitent, der konnte aus erzieherischen Gründen ruhig mal eine Nacht hinter schwedischen Gardinen verbringen", meinte er schmunzelnd.

Mit einem Politiker und einem Beamten befinde Karl der Große sich ja in bester Gesellschaft, lästerte ich,

als uns ein Wachbeamter in den Raum führte, in dem Schlingenhagen an einem Holztisch sitzend auf uns wartete. Für uns standen noch zwei Stühle bereit. Freundlicherweise
hatte die Polizei uns sogar Kaffee hingestellt.

Der Schreck war Schlingenhagen deutlich anzusehen, als er mich erblickte. Von Großspurigkeit war bei dem schwarzlockigen Goldkettchenträger nichts mehr zu sehen. Mit fest vor der Brust verschränkten Armen drückte er sich in seiner zerknitterten Kleidung in den Stuhl und verzog schmollend den Mund. ‚Ich werde euch bestimmt nichts sagen, wollte er damit wohl ausdrücken‘, wie ich mir erheitert dachte. Karl der Große spielte für uns den störrischen Esel.

Seine Abwehrhaltung änderte sich auch nicht, als ich Böhnke vorstellte und mich als sein vom Vater beauftragter Anwalt zu erkennen gab, der seine Rechte wahrnehmen sollte. Meine Begrüßungsworte hörten sich positiver an, als ich sie meinte. Ich wollte den Zuhältertypen endlich zur Rechenschaft für das Geschehen ziehen, das er nach meiner Überzeugung verbrochen hatte.

Böhnke schüttete sich einen Kaffee ein und rührte gelassen in der Tasse. Er schien alle Zeit der Welt zu haben. „Wollen Sie Ihren Mandanten nicht endlich über seine Rechte aufklären, Herr Grundler?", fragte er schließlich ruhig.

Es fiel mir schwer, den notwendigen Ernst beizube-halten. Böhnke und ich mussten unsere Rollen gut spielen, dann würden wir den kleinlauten Großkotz vielleicht weich klopfen können.

„Selbstverständlich", antwortete ich und wandte mich Schlingenhagen zu, der sich trotzig auf die Un-terlippe biss. „Sie brauchen selbstverständlich nichts zu sagen, was Sie belasten könnte«, meinte ich mit einem freundlichen Lächeln zu ihm.

„Wobei ich Ihr Schweigen allerdings in meinem Sinne auslege", fiel mir Böhnke verabredungsgemäß ins Wort, was ich prompt als unfaire Methode kriti-sierte.

Aber dieser Protest ließ den Kommissar unberührt. Er grinste mich bloß frech an.

Ob er Meinhard Lüttgen kenne, fragte er Schlingen-hagen, der uns regungslos anschwieg. Er könne die Bekanntschaft nicht leugnen, fuhr Böhnke überzeugt fort, er sei mit Lüttgen unter anderem in Düren an der Rur gesehen worden. Außerdem habe Lüttgen bekanntlich in Schlingenhagens Wohnung in Korne-limüster übernachtet. „Also, was ist?"

Karlchen zog es weiterhin vor, zu schweigen. Provo-zierend gelangweilt schaute er aus dem vergitterten Fenster.

„Na, gut", stöhnte Böhnke. „Dann muss ich wohl Klartext mit Ihnen reden. Ich ermittele gegen Sie we-gen des Mordes an Ferdinand Münstermann. Nach meiner Überzeugung und nach der meiner Kollegen aus Düren haben Sie veranlasst, dass Ihr ehemaliger Freund in eine Staustufe der Rur geworfen wurde."

„Momentchen", wollte ich protestierend einwenden, aber Böhnke winkte mich gebieterisch zurück.

„Nicht nur das", fuhr er auftrumpfend fort. „Ich ermittelte ebenfalls wegen des Mordes an einem Piloten auf dem Fluggelände in Merzbrück gegen Sie. Sie haben angeordnet, dass Josef Schauf beim Starten des Motors in seinem Flugzeug verbrennen sollte."

Schlingenhagen drehte hochnäsig seinen Kopf vom Fenster in Richtung des Kommissars. Er verzog sein Gesicht zu einer hämischen Grimasse und schwieg.

„Wie Sie wollen, Herr Schlingenhagen", sagte Böhnke mit aufreizender Ruhe, „ich nehme Sie mit nach Aachen. Dort haben wir noch einen ruhigen Platz in einer gemütlichen Zelle für Sie frei. Ein Haftrichter wird dann entscheiden, ob Sie die Zelle auf Dauer bewohnen."

Zum ersten Mal schoss ein Zucken durch Karls Augen. „Darf er das?", fragte er ausgerechnet mich. Er hatte sich aufrecht hingesetzt.

„Er darf", antwortete ich mit geheucheltem Bedauern, „und wir haben leider keinerlei Möglichkeiten, ihn an seiner Absicht zu hindern."

„Dann will ich sofort einen anderen Anwalt. Ich möchte von Herrn Stippach vertreten werden", forderte Schlingenhagen im barschen Kommandoton.

„Geht nicht", erwiderte ich gelassen. „Ihr Vater hat mich beauftragt." Ich änderte den Tonfall und fragte streng: „Oder können Sie etwa einen Anwalt aus Ihrer eigenen Tasche bezahlen?" So pleite, wie er war, konnte Karl der Große wahrscheinlich noch nicht einmal das Telefongespräch mit Stippach bezahlen, übertrieb ich maßlos.

Schlingenhagen sackte in den hölzernen Stuhl zurück und zeigte uns wieder seinen Schmollmund.

„Was wollen Sie tun?" Böhnke schien mit seinem Latein am Ende. Wir saßen in seinem Büro nach einer weiteren Vernehmung von Schlingenhagen, die uns nicht weitergebracht hatte.

Der Großkotz hatte nur geschwiegen und würde wahrscheinlich am nächsten Tag die Zelle im Polizeipräsidium verlassen dürfen, wenn es dem Kommissar nicht gelang, endlich handfeste Beweise für seine Verdächtigungen auf den Tisch zu legen. Nur ein einziges Mal hatte sich Schlingenhagen bei der Vernehmung geäußert und dabei seine Bitte wiederholt, von Stippach vertreten zu werden.

Damit erleichterte er mir gewiss nicht meine Aufgabe. Ich konnte schlecht einem Mandanten verbieten, den Anwalt zu wechseln. Meine Verweigerung konnte mir Ärger bereiten. Insofern war es gut, dass ich noch keine Zulassung besaß und offiziell Schulz verantwortlich war. Das gab mir derzeit Freiräume.

„Ich fahre heute noch nach Paderborn und Sie kommen auf meiner privaten Spritztour mit", antwortete ich entschlossen auf Böhnkes Frage. „Ich muss mit der Dicklippe reden. Auf die Polizei hört der ebenso wenig wie Schlingenhagen."

Der Kommissar stand schweigend auf und ging zum Faxgerät, das ein Papier ausspuckte. „Das passt ausgezeichnet", meinte er nach dem Lesen und reichte mir das Fax. „Wilfried Tölken ist tatsächlich wieder aufgetaucht, genauso, wie Sie es gesagt haben."

Am Ufer der Lippe hatten Angler Tölken gefunden. Die Wasserleiche war dort angeschwemmt worden. Wie die Obduktion ergeben hatte, konnte nicht mehr festgestellt werden, ob Tölken Opfer eines Verbrechens geworden war, ob eine natürliche Todesursache vorlag oder er freiwillig ins Wasser gegangen war. Es würden keine weiteren Ermittlungen durchgeführt werden, hieß es abschließend in dem Schreiben der Paderborner Kriminalpolizei.

Ich verfluchte einmal mehr die deutschen Autobahnbauer und den Kölner Regierungspräsidenten, die uns durch Dauerbaustellen und Geschwindigkeitsbegrenzungen ständig nötigten, quasi mit angezogener Handbremse durch das nicht sonderlich attraktive Rheinland zu fahren. Da hätte ich statt des Porsches von Dieter auch den Polo von Sabine nehmen können. Langsamer wären wir bestimmt nicht gewesen, schimpfte ich vor mich hin, als wir uns auf der A eins zum wiederholten Male stauten, nachdem schon der Kölner Ring zu einer quälenden Geduldsprobe geworden war. Bei diesen Verkehrsverhältnissen hätte Karl der Große garantiert seinen Feldzug gen Osten entnervt abgeblasen. Erst hinter Unna hatten wir auf der A 44 bis Paderborn endlich einmal freie Fahrt.

„Vor einigen Jahrhunderten war das anders. Zu seiner Zeit ist Karl der Große schnell bis nach Dortmund gekommen. Erst anschließend musste er sich jeden weiteren Meter in Richtung Osten frei kämpfen", sagte Böhnke vergnügt und verblüffte mich mit seinem historischen Wissen.

Von seinen Paderborner Kollegen hatte er die Adressen der von Lüttgen bevorzugten Diskotheken erfahren. Wir sollten am Maspernplatz parken und dann zu Fuß durch die Innenstadt schlendern, hatten sie uns empfohlen. Man könne sich eigentlich nicht in der Kleinstadt verlaufen.

Böhnke wunderte sich über meine Ortskenntnisse, als ich zielstrebig den Parkplatz ansteuerte; aber ich war halt schon mal mit dem Radl da.

Es war fast Mitternacht, als wir die Dicklippe endlich in einer der angegebenen Kneipen entdeckten. Er stand in einer Gruppe von dubiosen Gestalten und schrie wegen der Lautstärke einen anderen Nichtsnutz an.

Der dumpfe Rhythmus trommelte wie Pauken-schläge auf meinen Magen, als ich mich durch die Meute junger, zumeist ausgelassener Menschen drängelte. Böhnke hatte Schwierigkeiten, mir zu folgen. Schließlich gab er es auf, an meiner Lederjacke zu hängen und verschwand aus meinem Blickwinkel, während ich mich unverdrossen weiter mühte.

Ich stand fast in Greifnähe vor dem arroganten Rot-haar, als Lüttgen mich erblickte. Er stieß eine junge Frau in meine Richtung, die ich reflexartig auffing, und eilte davon. Mein Bemühen, ihm zu folgen, wurde durch die Meute nicht gerade erleichtert. Wie eine Mauer standen die Männer und Frauen um mich herum. Es dauerte lange, ehe ich vorwärts kam. Wütend stolperte ich durch die Tür hinaus und blickte in die dunkle Gasse.

„Herr Grundler, hier sind wir", hörte ich die ruhige Stimme von Böhnke, der lässig auf einer Bank saß. Neben ihm kauerte die lederbekleidete Dicklippe mit einer leicht blutenden Wunde am Kopf.

„Ich habe mir gedacht, dass Lüttgen verduften will und habe mich halt am Ausgang postiert", sagte der Kommissar mit souveräner Gelassenheit. „Rein zufäl-lig ist unser junger Freund über meinen Fuß gestol-pert, als er hastig ins Freie stürmte." Er lächelte böse. „Wir sollten ihn schnell zu einem Arzt bringen."

Ich betrachtete den angeschlagenen Lüttgen, der sich mit einem Taschentuch die Stirn betupfte. Er schien zwar noch nicht betrunken, aber auch nicht mehr nüchtern zu sein und konnte auch nicht laufen. Das lag aber weniger am Alkohol als an den Fußfesseln, die ihn hinderten.

„Viele Grüße von Ihrem Freund Karl Schlingenhagen", sagte ich ihm höflich. „Oder sollte ich besser sagen, von Ihrem ehemaligen Freund Karl. Der haut Sie nämlich ganz schön in die Pfanne. Er hat allen Ernstes behauptet, Sie hätten Roswitha Thiele und ihren Bruder auf dem Gewissen. Dann hätten Sie auch noch den langhaarigen Freund von Schlingenhagen, Ferdinand Münstermann, umgebracht und einen Piloten in Merzbrück."

Die Dicklippe starrte mich fassungslos an. Mit diesem Frontalangriff hatte er nicht gerechnet. Vielleicht beeinflusste ihn auch der Alkohol, aber das war nicht mein Problem.

„Schließlich sollen Sie auch einen Typen aus Düren namens Anton Köhnen auf dem Gewissen haben und sogar Wilfried Tölken, behauptet jedenfalls Schlingenhagen. Und wissen Sie was? Stellen Sie sich vor, die Bullen in Aachen glauben dem Kerl sogar!" Ich schüttelte bedauernd den Kopf. „Karl ist tierisch sauer auf Sie, weil Sie ihn in Ihre Verbrechen hineingezogen haben. Der hätte Sie nie bei sich in Kornelimünster aufgenommen, wenn er gewusst hätte, dass Sie auf seine Kosten über Leichen gehen. Das verzeiht er Ihnen nie, Herr Lüttgen."

Die Dicklippe schnaubte verächtlich und stierte mich mit glasigen Augen an. „Das ist doch ein Arschloch", meinte er stockend.

„Mag ja sein", fuhr ich ihm höflich in die Parade, „aber dieses Arschloch will und wird dafür sorgen, dass Sie für den langen Rest Ihres Lebens in den Bau wandern, zu den vielen anderen Mördern und Kinderschändern. Dann ist es vorbei mit den kleinen, süßen Schülerinnen und den großen, schnellen Autos. Dann ist Tütenkleben angesagt für drei Mark 50 am Tag." Ich grinste provozierend, während Lüttgen wütend mit den Augen rollte. „Ich glaube nicht, dass Ihnen Ihr Freund Karl Schlingenhagen vom sonnenüberfluteten Karibikstrand eine Ansichtskarte in den muffigen, düsteren Knast schickt", fuhr ich fort. Schlingenhagen habe bei der Polizei seine Aussage gemacht und würde am Morgen das Protokoll unterschreiben. „Er ist dann ein freier Mann und Sie sind reif fürs Kittchen."

Die Zornesröte stieg der Dicklippe ins Gesicht. Lüttgen zitterte vor Wut. „Das stimmt doch gar nicht. Schlingenhagen ist das große Schwein, er wollte seinen Bruder abmurksen."

„Aber Sie haben gemordet", entgegnete ich streng. Ich hatte Mühe, meinen Triumph zu verbergen und sachlich zu bleiben. Endlich kamen wir zur Sache. In seiner Wut und in seinem angetrunkenen Zustand würde mir Lüttgen genug erzählen, um Schlingenhagen zu packen. Ich musste nur weiter bluffen und die richtigen Fangfragen stellen.

„Ich nicht. Ich habe nichts getan. Das ist alles auf seinem Mist gewachsen", behauptete Lüttgen leicht lallend.

„Den Mord an Roswitha haben Sie veranlasst, sagt jedenfalls Schlingenhagen", hielt ich dagegen.

Die Dicklippe stierte mich wieder mit den glasigen Augen an. „Das stimmt doch nicht. Er hat die Kleine killen lassen und wollte den Mord ohne Hemmungen seinem Bruder in die Schuhe schieben."

„Warum sollte er?", hakte ich nach. „Franz hat ihm doch nichts getan." Ich konnte mir denken, was Karl Schlingenhagen bezweckt hatte, aber ich wollte es von Lüttgen bestätigt haben.

„Er wollte das Familienerbe und nicht nur seine Hälfte. Da musste der Bruder irgendwie verschwinden."

„Deshalb haben Sie Roswitha mit der Drahtschlinge erwürgt?"

„Ich doch nicht", brüllte mich die Dicklippe an. „Das war der Typ, den Schlingenhagen aus Aachen mitgebracht hat. Den kenne ich nicht."

Jetzt hatte ich den Hebel gefunden, freute ich mich. Für mich wurde der Ablauf der Ereignisse immer deutlicher. Wenn erst einmal alle Dämme gebrochen waren, würden sämtliche Todesfälle aufgeklärt sein.

„Aber Sie kannten Münstermann so gut, dass Sie mit ihm zur Hohensyburg gefahren sind, und dort einen Stacheldraht über die Fahrbahn zu spannen."

„Das war nicht meine Idee. Schlingenhagen hatte mich angerufen. Ich habe den Typen in Fröndenberg abgeholt und zur Hohensyburg gefahren. Ich weiß nicht, was er dort gemacht haben soll."

Diese Behauptung nahm ich Lüttgen nicht ab. Ich kam aber nicht dazu, nachzuhaken.

Mit einem Mal brach die Dicklippe zusammen. Er war nicht mehr ansprechbar.

Böhnke und ich hievten ihn hoch und legten seine Arme über unsere Schultern. Langsam schleppten wir ihn durch die Dunkelheit.

„Zu welchem Arzt wollen Sie eigentlich?", fragte ich.

„Zum Polizeiarzt, denke ich mal", antwortete der Kommissar. „Lüttgen wird bestimmt für einige Zeit dort in Behandlung bleiben."

Nachts um vier konnte ich endlich auf der Autobahn den Porsche ausfahren. Böhnke hatte der Polizei in Paderborn eine Aussage zu Protokoll gegeben und ich hatte meinen Bericht hinzugefügt. Jetzt saßen wir in dem Sportwagen und rauschten nach Aachen.

„Das war nicht koscher", sagte Böhnke nachdenklich.

„Der Zweck heiligt bekanntermaßen die Mittel", entgegnete ich. „Niemand wird Lüttgen glauben, dass Sie ihn zum Reden genötigt haben." Aber im Prinzip war mir das Schicksal der Dicklippe einerlei, mich interessierte in erster Linie Schlingenhagen.

„Welcher? Der junge oder der alte?"

Ich war angenehm angetan von der Auffassungsgabe des Kommissars. „Der alte natürlich. Der Junior ist ein Verbrecher." Mit ihm würden wir uns in aller Frühe zu

unterhalten haben.

Einige Zeit rasten wir schweigend an den Lastwagen vorbei durch die Dunkelheit.

Endlich meldete sich Böhnke räuspernd zu Wort, als wir auf der A vier kurz vor Weisweiler waren. „Ich habe nur eine Bitte", sagte er höflich zu mir.

„Sie sei Ihnen gewährt", erwiderte ich großmütig.

Der Kommissar seufzte und sah mich an. „Sprechen Sie in meiner Anwesenheit bitte nicht mehr von den Bullen, Herr Grundler."


## Schlammschlacht

Ich fühlte mich erstaunlich frisch, als Sabine mich nach einem kurzen Nickerchen aus den Federn warf. Im Schlaf würde ich kein Geld verdienen, sagte sie mit ihrem faszinierenden Lächeln und schenkte mir einen extra starken Frühstückskaffee ein.

Auch Böhnke sah tatenhungrig aus, als er mich gegen acht abholte. „Haben Sie das vermutet, was Lüttgen zum Besten gab?", fragte er mich vorsichtig, als er den Wagen zur Soers lenkte.

„Im Großen und Ganzen schon", antwortete ich zufrieden. „Ich bin jetzt nur auf die Version von Schlingenhagen gespannt. Der ist auf jeden Fall reif. Die Frage ist nur, wie lange und für welche Verbrechen er in den Bau wandert."

Ich bat den Kommissar, sich zunächst nicht in mein Gespräch mit Karl dem Großen einzumischen. „Zuerst will ich Karlchen ein wenig weichklopfen, anschließend können Sie ihn von mir aus panieren."

Entschlossen schaute ich Böhnke an. „Heute will ich die leidige Geschichte beenden. Ich habe Wichtigeres zu tun, als für die Polizei Kriminalfälle zu lösen."

Im Gegensatz zu mir schien Karl Schlingenhagen nicht gut geschlafen zu haben, was vielleicht auch daran gelegen hatte, dass es ihm einfach nicht gelungen war, mit Lüttgen oder Stippach Kontakt zu bekommen. Wie uns die Beamten im Polizeipräsidium bei unserer Ankunft augenzwinkernd mitteilten, seien sämtliche Vermittlungsversuche wegen der Überlastung der Fernmeldeanlage in der Zentrale gescheitert.

Er solle sich an den Gedanken gewöhnen, mit mir vorlieb nehmen zu müssen, sagte ich ihm, als Schlingenhagen mich nochmals herrisch aufforderte, Stippach zu benachrichtigen. Stippach könne ihm auch nicht helfen, zumal er ziemlich mittellos sei und der Kollege recht hohe Honorarsätze verlange.

„Sie können ihn überhaupt nicht bezahlen", behauptete ich forsch, „besonders, da Sie jetzt auch noch Ihren Erbteil abhaken müssen. Ihr Vater denkt nicht daran, Sie vorzeitig auszuzahlen." So jedenfalls interpretierte ich in meinem Sinne die Aussage, die Schlingenhagen senior am Telefon mir gegenüber gemacht hatte. „Und ich bezweifele außerdem, ob Sie überhaupt jemals in den Genuss einer Erbschaft kommen werden. Sie werden wohl keinen einzigen Pfennig bekommen", sagte ich kühl, „was auch richtig ist. Schließlich kann es nicht rechtens sein, dass jemand davon profitiert, dass er einen anderen Erben ermorden lässt."

Schlingenhagen sah mich verunsichert an.

„Ach, ja. Sie können es noch nicht wissen", fuhr ich gelassen fort. „Ihr Freund Meinhard Lüttgen oder soll ich besser sagen, Ihr ehemaliger Freund Meinhard Lüttgen, hat Sie vor wenigen Stunden als Drahtzieher mehrerer Morde und eines Mordversuchs bezichtigt. Das ist alles bei der Polizei in Paderborn aktenkundig festgehalten."

Gespannt wartete ich auf eine Reaktion.

Doch noch hatte sich der übermüdete Schlingenhagen gut unter Kontrolle.

„Wie Lüttgen behauptet, haben Sie Roswitha Thiele und später deren Bruder umbringen lassen und den Mord an dem Mädchen Ihrem Bruder Franz unterschieben wollen. Dann haben Sie Ihren langhaarigen Helfershelfer in der Rur absaufen lassen. Auch haben Sie den Piloten in Merzbrück abmurksen lassen, damit nicht herauskommen sollte, dass Schauf Sie und Münstermann nach Dortmund und nach Paderborn geflogen hat."

Ich machte eine kurze Pause und beobachtete Schlingenhagen, der nervös mit einem Fuß wippte, während er zugleich den Eindruck vermitteln wollte, als interessiere ihn mein dummes Gefasel nicht sonderlich.

„Ihr langhaariger Freund musste übrigens sterben, weil er versagt hatte", fuhr ich fort. „Wie Lüttgen uns gesagt hat, hätten Sie und Ihr Freunde mich in Fröndenberg erkannt. Sie haben Lüttgen angerufen, der Ihren Freund aus Aachen zur Hohensyburg fuhr. Die Idee mit dem Stacheldraht war von Ihnen." Wieder schauderte es mich bei dem Gedanken, was mir hätte passieren können.

„So ein Schwachsinn." Zum ersten Mal äußerte sich Schlingenhagen. „Woher wollen Sie wissen, dass ich in dem komischen Fröndenberg war und woher sollte ich wissen, dass Sie ausgerechnet auf dieser Straße fuhren?"

Plumper ging's wirklich nimmer. Als ob Schlingenhagen mich mit derartig dummen Fragen verunsichern könnte. Damit machte er sich nur angreifbar und das war es, was ich brauchte.

„Wie Sie wissen sollten, war ich nicht allein in dem Hotel. Mein Begleiter hat Sie ebenso erkannt wie ich."

Ich grinste Karl den Großen übertrieben freundlich an. „Außerdem gab es eine ausgesprochen hübsche Bedienung, der ich beim Kassieren meine Fahrtroute gesagte habe. Sie ist anschließend an Ihren Tisch gegangen und hat sich mit Ihnen unterhalten. Das wird die junge Frau jederzeit zu Protokoll geben." Mein Grinsen wurde noch breiter. „Sonst noch irgendwelche Fragen?"

Ich drehte mich um und sah Böhnke an, der schweigend im Hintergrund das Gespräch verfolgt hatte. Er zwinkerte mir kurz zu, bevor ich mich wieder Schlingenhagen zuwandte.

Langsam wurde es Zeit, dass der Großkotz seinen Teil zur Schlammschacht mit Lüttgen beitrug, sonst war die Auseinandersetzung zwischen den beiden vorbei, bevor sie richtig begonnen hatte.

„Nach dem jetzigen Stand der Dinge werden Sie des Mordes in unmittelbarer oder mittelbarer Täterschaft und des versuchten Mordes angeklagt. Die

Aussagen von Lüttgen sind so eindeutig und schlüssig, dass keine Zweifel bestehen." Ich seufzte. „Es wird verdammt schwer werden, Sie da herauszuholen. Mit Ihrem Schweigen dienen Sie allenfalls nur Lüttgen."

Ich betrachtete Schlingenhagen, dessen nervöses Wippen zunahm.

„Sie gehen als arme Socke in den Bau und sind ein Mörder unter vielen. Oder glauben Sie etwa, dass Ihnen Lüttgen eine Ansichtskarte vom Ballermann auf Mallorca an die Wassertränke auf dem Knastflur schickt?" Schlingenhagen habe nur eine einzige Chance, behauptete ich, und die bestehe darin, zu beweisen, dass Lüttgen Unrecht habe.

„Das müssen Sie als mein Verteidiger", platzte Schlingenhagen heraus.

„Muss ich nicht", entgegnete ich patzig. „Ich übernehme keinen hoffnungslosen Fall oder reiße mir dafür zumindest nicht den Hintern auf." Er könne froh sein, wenn sein Vater finanziell für ihn einspringe.

„Sie sind doch total überschuldet. Weswegen sollten Sie sonst das Geld von Ihrem Alten haben wollen?"

Ich zuckte gelassen mit den Schultern. „Ohne Moos nix los. Das gilt auch für einen heruntergekommenen Pimpf aus einer reichen Familie wie Sie."

Schlingenhagen schüttelte sich. Offenbar hatte ich ihn tief in seiner Standesehre getroffen.

„Wer will denn noch etwas mit Ihnen zu tun haben, wenn Sie blank sind und als Mörder angeklagt werden. Dann sind Sie eine Null und Ihr angeblicher Freund Lüttgen lacht sich schlapp und kaputt." Ich setzte noch einen drauf. „Ihr Vater wird Sie von der Erbschaft ausschließen, wenn ich ihn nicht bremse." Was das bedeute, sei ihm wohl sonnenklar. „Sie können froh sein, wenn Sie vom Sozialamt Stütze bekommen." Wie so viele der angeblichen Freunde aus den Paderborner oder Aachener Kreisen, fügte ich für mich bei.

„Was kann ich denn tun?" Endlich machte Schlingenhagen Anstalten, zu plaudern.

„Sie werden zunächst unterschreiben, dass ich Ihr Mandat übernommen habe. Dann werden Sie, weil es eine Bedingung von mir für die Übernahme ist, eine Erklärung unterzeichnen, mit der Sie dem Verkauf des Familienbetriebs zustimmen. Und schließlich werden Sie endlich die Wahrheit sagen, bevor ich sie aus Ihnen herausprügele."

Ich war für einen Moment erschrocken über meine Skrupellosigkeit. Ich ließ den Schnösel voll ins Messer laufen, nur damit der Alte sein Ziel erreichte. Doch dann korrigierte ich mich zu meiner eigenen Beruhigung. Karl der Große hatte versucht, mich umzubringen. Dafür musste er büßen, auch wenn ich scheinheilig so tat, als ginge es mir zunächst um sein Wohl.

Ohne Zögern unterschrieb Schlingenhagen die beiden von mir vorgefertigten Formulare. Auch willigte er ein, dass ein Tonband mitlief, und berichtete dann aus seiner Sicht von den mörderischen Ereignissen.

# Sklavenhalter

Wie die Schlacht zwischen Karl dem Großen und Meinhard der Dicklippe letztendlich ausgehen würde, war noch ungewiss. Aber ich war zuversichtlich, dass bei dieser Schlacht der Schlammkämpfer aus Aachen das bessere Ende für sich haben würde, immerhin wurde er von den besten Strafverteidigern der Kaiserstadt betreut, wie ich vergnügt dem AZ-Reporter mitteilte.

Der Journalist sah mich mit einer Mischung aus Hochachtung und Verunsicherung an. Wie versprochen, hatte ich ihn nach Aufklärung des Falles angerufen. Jetzt saßen wir mit Dieter in einem Restaurant am Elisenbrunnen und rekapitulierten noch einmal das Geschehen.

Dieter konnte sich zufrieden zurücklehnen und genüsslich zuhören. Er hatte seine Aufgabe bereits erledigt. Der Verkauf des Schlingenhagenschen Unternehmens an die Iren war nahezu perfekt, nachdem

Karls Zustimmung vorlag und der Termin bei einem Notar bereits anberaumt war.

Nunmehr konnten wir uns auf die Verteidigung von Schlingenhagen junior konzentrieren.

„Gibt es überhaupt etwas zu verteidigen?", fragte der Journalist skeptisch, „der Fall ist doch klar."

„Die Fakten sind klar, aber nicht die Gewichtung und die Schuldzuweisung", gab ich zu bedenken. „Darüber zu urteilen ist Sache des Gerichts."

„Darf ich noch einmal zusammenfassen", regte der AZ-Reporter an. „Ich will schließlich nichts Falsches veröffentlichen."

Dieter und ich nickten zustimmend und hörten uns die Geschichte noch einmal an.

„Angefangen hat die Tragödie wohl damit, dass Lüttgen die Schülerin Roswitha sexuell belästigt und geschwängert hat", wiederholte der Journalist sein Wissen. „Das Mädchen hat ihrem Bruder und Franz Schlingenhagen von der Schwangerschaft berichtet. Lüttgen wollte sie zu einer Abtreibung in die Niederlande schicken, sie aber hat kurzfristig die schon festgelegte Fahrt abgesagt. Ihr Bruder wollte Lüttgen zur Rede stellen und hat dabei wohl angedeutet, dass auch Franz Schlingenhagen im Bilde sei." Der Schreiberling blätterte kurz in seinem Notizblock. „Lüttgen und Karl Schlingenhagen waren schon seit Jahren befreundet. Sie haben sich beim Zocken kennen gelernt und waren beide von der fixen Idee besessen, sich eigene Gruppen zu halten, bestehend aus harmlosen und armseligen, zumeist arbeitslosen Jugendlichen und Heranwachsenden, die sie mit ihrem Geld ködern und bei Laune halten konnten. Nachdem Lüttgen seinen Spezi über die Schwangerschaft, Roswithas Weigerung in einer Abtreibung und seinem Ärger mit ihren Bruder unterrichtet hatte, heckten die beiden Müßiggänger einen Plan aus, der dazu geeignet sein sollte, beiden Vorteile zu verschaffen." Der Journalist schluckte kurz, bevor er fortfuhr. „Der Zottelbär Münstermann aus der Clique von Schlingenhagen wurde beauftragt, Roswitha zu töten. Der Verdacht würde zunächst zwangsläufig auf Franz Schlingenhagen fallen, was Karl zu Gute kam, der die Psyche seines Bruders Franz richtig einschätzte. Er hatte dessen Selbstmord durchaus in seine Überlegungen einbezogen." Der Schreiberling schüttelte den Kopf. „Die Drahtschlinge wurde von Lüttgens Clique bei Roswithas Bruder versteckt. Vielleicht wollte man bei dem Einbruch ins Elternhaus schon den Bruder aus dem Weg räumen, doch er war zu seinem Kurzurlaub ausgeflogen. Aber es gab ja noch eine zweite Option. Getarnt wurde die Aktion als Freundschaftstreffen auf der Wewelsburg, bei dem nicht auffiel, dass Schlingenhagen mit Münstermann schon einen Tag früher nach Paderborn gekommen war." Der Reporter blickte kurz auf seinen Notizblock. „Als Roswithas Bruder am Samstag verabredungsgemäß nach dem Kurztrip zur Wewelsburg kam, wurde er im angetrunkenen Zustand aus einem Fenster in den Burghof gestoßen." Der Journalist nippte an seinem Wasserglas, sah mich an und wartete darauf, dass ich ihn aufforderte fortzufahren.

„Auf der Wewelsburg wurden Sie von Münstermann gesehen, als Sie im Türbogen standen. Er erkannte Sie bei Ihren Aufenthalt in dem Hotel in Fröndenberg wieder. Dort hatten er und Schlingenhagen Quartier bezogen nach einem Besuch des Dortmunder Spielcasinos. Schlingenhagen alarmierte Lüttgen, der mit Münstermann zur Hohensyburg raste, um dort die Falle für Sie aufzubauen. Schlingenhagen und Lüttgen befürchteten anscheinend, Sie könnten Münstermann identifizieren und dadurch auf ihre Spur kommen."

Ich nickte dem AR-Reporter zustimmend zu.

„Dann wurde Münstermann für Schlingenhagen und Lüttgen lästig. Wahrscheinlich hat der Kerl versucht, aus seinem Wissen Kapital zu schlagen, wollte vielleicht sogar Geld. Also beauftragten die beiden mit Anton Köhnen ein Dürener Mitglied des sogenannten Freundeskreises, den Zottelbär zu eliminieren, was Köhnen auf sehr geschickte Weise an der Rur tat." Der Schreiberling blickte über den Rand seiner kleinen Brille und blätterte erneut in seinem Notizblock. „Beinahe hätten Sie Schlingenhagen und seinen Freund Lüttgen in Kornelimünster geschnappt.

Die beiden haben daraufhin versucht, alle Spuren zu verwischen. So musste der Pilot dran glauben, der Schlingenhagen und Münstermann nach Paderborn gebracht hatte. Diese Aufgabe erledigten die beiden Cliquenmitglieder Tölken und der Dürener Köhnen, die sich anschließend nach Paderborn absetzten. Dort mussten die beiden ebenfalls ihr Leben lassen. Lüttgen ließ sie offenbar umbringen. Bei dem Dürener sah es nach einer Hinrichtung aus, Tölken sollte dem Anschein nach in die Lippe gefallen sein." Der AZ-Reporter schüttelte verständnislos den Kopf. „Hier haben zwei großspurige Neureiche schamlos ihre finanzielle Macht ausnutzen wollen und sich mit mittellosen Altersgenossen umgeben wie mit Sklaven", kommentierte er fassungslos.

So sei es doch schon immer gewesen, wandte ich müde ein. „Oder glauben Sie, dass die Krieger von Karl dem Großen freiwillig in die Schlacht gezogen sind? Sie waren auch abhängig von seinen kleinen Gaben. Insofern hat sich auf der Kaiser-Route in knapp zwölf Jahrhunderten nicht sonderlich viel geändert."
Der AZ-Reporter sah mich versonnen an. „Daraus müssten wir eigentlich einen Kriminalroman machen", sagte er nach einer längeren Pause.
„Dann reden Sie nicht, sondern tun Sie's doch", forderte ich ihn auf und regte auch einen Titel an. „Sie

können Ihren Krimi ja ‚Mörderische Kaiser-Route'
nennen."

Kurt Lehmkuhl wurde 1952 in der Nähe von Aachen geboren. Nach dem Abitur und dem Studium der Rechtswissenschaften war er über 30 Jahre lang für den Zeitungsverlag Aachen tätig, zunächst als freier Mitarbeiter, danach als Redakteur und als Lokalchef in Erkelenz. Nach seinem Ausscheiden aus dem Zeitungsverlag Aachen arbeitet er als freier Journalist für zahlreiche Zeitungen und Zeitschriften im In- und Ausland.

Neben der journalistischen Tätigkeit ist Kurt Lehmkuhl schriftstellerisch aktiv. Seit 1996 werden seine Romane veröffentlicht, beginnend mit „Tödliche Recherche". Häufig stehen aktuelle Themen oder regionale Besonderheiten im Mittelpunkt seiner Krimis, etwa der Aachener Karlspreis oder die Braunkohleförderung im Rheinland. Außerdem verfasst Kurt Lehmkuhl Reisereportagen und Kurzgeschichten, ist als Dozent für Kreatives Schreiben sowie als Moderator und Organisator von literarischen Veranstaltungen und als Herausgeber von Anthologien tätig. Seine aktuellen „Böhnke"-Romane erscheinen größtenteils im Gmeiner-Verlag.

Die Reihe „Mörderisches Aachen" umfasst:
1. Tore, Tote, Tivoli
2. Ein Sarg für Lennet Kann
3. Blut klebt am Karlspreis

Weitere Romane sind:
1. Garudas Grüße
2. Kofferjäger

Zudem gibt es die Geschichtensammlungen:
1. Mörderisches Aachen
2. Der Manöverschaden

Von Reisen berichten:
1. Meine Welt: Mein Vietnam
2. Meine Welt: Mein Kirgistan
3. Meine Welt: Mein Kuba
4. Meine Welt: Mein Costa Rica

Anthologien sind:
1. Nachbarn unter sich/Buren onder elkaar
2. Blutroter Selfkant
3. Mörderischer Selfkant
4. Tödlicher Selfkant
5. Kunterbunter Selfkant
6. Kulinarischer Selfkant

(Die nach VHS-Kursen entstandenen Selfkant-Ge-
schichtensammlungen haben als Benefizprojekt inzwischen einen Spendenertrag von rund 50.000 Euro
für ein Hospiz erbracht.)